町を歩いて、縄のれん

太田和彦

JN018905

集英社文庫

目次

山に通った頃　11
宝田明デー　16
大映撮影所の絶頂期　22
名代寿司と今年の運勢　27
居酒屋の第三世代　33
銀座でカキフライ　38
わが演劇遍歴　44
バー「サンボア」の百年　49
オールドノリタケとＣＤ　55
仙台、勾当台公園　60
京都、春の貝　66
京都、白川の柳　72

京都、前衛の館　77
京都、河原で仰ぐ星空　83
資生堂の美学を訪ねて　89
掛川を歩く　94
緑を全身に浴びて　99
神戸三宮飲み歩き　104
ジャズの街、神戸　109
舞子の浜と孫文　115
明石、日本一の立ち飲み　120
初夏の銀座逍遥　126
東京ベル・エポック　132
山と川のある町　137

日本三大うどん 142
夏の夜の音楽会 147
夏の夜の晩酌 152
続・夏の夜の晩酌 157
ラングとベルイマン 163
平成、最後の夏 169
麻布十番祭 175
月の峠路 180
ふらり旅　新・居酒屋百選 186
藍染めの絵皿 191
二本の芝居 196
七尾の花嫁のれん 201

信州の風に吹かれて　207
松本らしい時間　213
晩秋のキャンプ　219
人生の四季　225
生涯の飲酒計画　231
天草の教会を訪ねる　237

解説　角野卓造　243

本文デザイン　横須賀 拓
本文イラスト　田辺俊輔
本文写真　太田和彦

町を歩いて、縄のれん

山に通った頃

金沢（かなざわ）での仕事を終えて帰京するため、朝九時四十六分発の「かがやき」に乗った。北陸（ほくりく）新幹線ができて金沢はとても行きやすくなった。今回も三度目だ。東海道新幹線、東北新幹線は居眠りから醒（さ）めて外を見ると、どのあたりにいるかすぐわかる。こちらもやがてそうなるか。

快調に速度をあげ新高岡（しんたかおか）から富山に至ると、座る右手は屹立（きつりつ）する立山（たてやま）連峰が壁のように連なる。

口伝え「弁当忘れても傘忘れるな」のとおり、ここ数日は一日のうちに晴れ・雨・雪がすべてあって悩まされたが、今朝は青空にほどよく雲がたなびき、雪をいただく連峰の背景を後光のようにドラマチックにする。

山稜の奥に時々見える真っ白な高峰は「岩と雪の殿堂」劔岳だろう。劔岳は三度登り、一番好きな山になった。もちろん夏だが、早朝出発の前日に泊まった小屋から夕方見る、一服劔・前劔・本峰の峻厳な山容は圧倒的で、闘志をかきたてた。落差の大きい岩稜のカニのヨコバイ・タテバイや、鎖場、ハシゴ場などは緊張する危険な難所だが、だからこそ面白く、これぞ登攀の醍醐味だった。

本格的に山に登るようになったのは三十五歳頃からだ。長野県育ちゆえ山はつねに身近で、学校登山も個人山行もあったが、上京してからは全く忘れていた。

それが、デザイナーの仕事にある達成感が生まれてというか、それ以上の先が見えなく迷っていた頃、山好きの叔母に「机や居酒屋ばかりじゃいいアイデアなんか出ないわよ、山に行きなさい」と誘われ山好きにめざめた。

魅了されたのは単純な登山ではなく、当時アメリカから入ってきたばかりの岩登りフリークライミングだ。垂直に近い岩壁を、従来の人工ロッククライミングは岩肌にハーケンを打ち込んでロープをかけたり、アブミ（簡単なハシゴ）などを使うが、自然保護を旨とするフリークライミングは岩肌の凹凸など純粋に自然の形だけを頼りにすべて素手で登る。もちろん腰ロープで転落の安全確保をしつつも、それを握ったり、テンション（体重）をかけると失格だ。専用のフラットソール靴でわずか一ミリ（本当です）の段差にねじ込むように足がかりをつけ、手指で岩の手がかり（ホールド）を探り、じわりじわりと高度を稼いでいく。岩の隙間に掌を突っ込み、中で握り拳にして支えるジャミングはかなり痛く擦りむける。

腰に下げたチョーク（指先の摩擦を高める粉）の袋に手を入れるため、体重を片手で確保することができるのが条件だ。単独で二〇メートルほども登った恐怖感と孤独感は相当なものだが、これにはまり、毎週のように小川山や三ッ峠山の岩場の講習に通った。

今のスポーツクライミングは都会の人工壁でとても盛んだが、私は登山技術の一つと思っているので自然の岩場でないとつまらない。以来、車窓から岩壁を見ると、弱点はあのあたり、ルートはあれだなと見当をつけるようになった。

＊

富山を過ぎ、糸魚川あたりから黒部の山間に入るとさらに山は迫力を増して見飽きない。午前の時間帯の陽の光は山容をくっきりと見せ、列車は刻々と山の姿を変化させる。

クライミングの本番で日本三大岩場、谷川岳、穂高岳、劔岳も経験した総仕上げは、四十二歳の時のアイガー峰遠征だった。

富士山での低酸素、滑落訓練も済ませ、海外経験豊かな登山家をリーダーに、叔母もふくむ一行五人で勇躍臨んだが、スピードを旨とするヨーロッパ式と安全第一の我々は速さがちがった。例えば、左右は深い谷底の幅四〇センチほどのナイフリッジ稜線を、現地ガイドは登山者とマンツーマンでロープを結び、転落するとすかさず逆側に飛び下りて確保するが、我々は稜線手前と先に経験者が待機し、一人ずつそろりそろりと渡らせる。高度差のある岩壁もまた一人ずつ順番に確保する。

後続にはどんどん追い抜かれ、現地ではふつう深夜出発、昼過ぎ下山のところを、幅一メートルもない断崖で寝袋のまま二晩ビバーク。要するに実力不足だったが、登頂時の感動は大きかった。岩に体を縛りつけて眠るとき見上げた満天の星を忘れない。

列車は長野県に入り、戸隠(とがくし)などの山並みの遠く奥に真っ白な北アルプスの白馬(はくば)連山や、三角の常念岳(じょうねんだけ)がちらりと見え、あのふもとが私の育った松本(まつもと)だ。長野市を過ぎた佐久平(さくだいら)は千曲川(ちくまがわ)が流れ、軽井沢(かるいざわ)の峠を過ぎると茫漠(ぼうばく)と関東平野が広がりもう山は見えない。大宮(おおみや)を過ぎるとそろそろ下車支度だ。

秘境黒部を縫って、気候も風土も全くちがう日本海側と太平洋側を横断する北陸新幹線の魅力は山と知った。

1988.7.20　アイガー・ミッテルレギ小屋にて

宝田明デー

池袋（いけぶくろ）の新文芸坐（しんぶんげいざ）は「新文芸坐セレクションｖｏｌ・４　絶対に観てほしい活劇」二十四本を上映。その三日め『１００発１００中』『１００発１００中　黄金の眼（め）』の日に主演・宝田明のトークショーがあると知り、いそいそと出かけた。

俳優・宝田明は一九三四年生まれ。一九五四年・第六期東宝ニューフェイスでデビュー。都会的な甘いマスクに長身の二枚目として出演は百五十本近く。さらに一九六四年のブロードウェーミュージカル『アニーよ銃をとれ』で芸術祭奨励賞受賞後、『サウンド・オブ・ミュージック』『風と共に去りぬ』『マイ・フェア・レディ』など数多くに主演、紀伊國屋（きのくにや）演劇賞、ゴールデンアロー賞を受賞。二〇一二年には自身の制作・演出・出演『ファンタスティックス』を全国公演し、文化庁芸術祭大賞を受賞した。

押しも押されもせぬミュージカル俳優だが、舞台を見ていない私にはやはり銀幕のスター。石坂洋次郎原作の爽やかな教師『山のかなたに』、すてきなラブロマンス『香港の夜』『香港の星』、出生にひけ目を持つ美男が一人の女性に愛を見いだす『愛情の都』、怜悧な敏腕広告マン『その場所に女ありて』、サラリーマン喜劇『月給泥棒』、二枚目ハードボイルド『血とダイヤモンド』、名匠・成瀬巳喜男の文芸作品『放浪記』、屈折する弟をもつエリートの兄『二人の息子』、伊丹十三作品で発揮したスターの艶『あげまん』『ミンボーの女』……。

じつにさまざまな役柄を演じ、二枚目俳優はそれゆえに憎まれ役になることもあるが、そうであってもつねにきれいな後味を残すのは、まさにスターだ。

大きな新文芸坐がほぼ満員のステージに拍手に迎えられて登場した一七九センチの長身は、趣味の良いスーツにポケットチーフ、撫でた銀髪に白髭をたくわえながらも、今年八十四歳とはとても思えない若いダンディーだ。

入社してすぐの二十歳で初主演に渡された台本の『ゴジラ』の意味がわからなかった。

映画は大ヒット、その後主演が相次ぐが、同じ東宝の黒澤明監督に「君は二枚目俳優だが演技を知ることも必要」と撮影中の『七人の侍』の見学に誘われ、指導の厳しさに胆をつぶした。

本日上映『100発100中』の福田純監督は自分と同じ満州生まれの引き揚げ組で、撮影合間に当時の話をした。

香港二部作の主演女優・尤敏との（今だから言える）ロマンス裏話は美男スターの真骨頂。

『ゴジラ』第一作はアメリカで敗戦国日本の戦争被害など米国感情に合わないと思われるところはカットされ、俳優レイモンド・バーで追加撮影されていた。しかし後年映画祭でオリジナルが上映されるとかえって評価は高まり、今も毎年世界各地で上映。そのたびに舞台挨拶に呼ばれ一時間以上もサインさせられて腱鞘炎（笑）。七月にもカナダに行くけれど、あの作品の真価がわかってもらえるのは本当にうれしい。時に言葉を選びながら、姿勢良くにこやかに話し続ける姿はやはり大スターだった。

私にはもう一つ思い入れがある。同じ戦後引き揚げ組（私は北京の日本人収容所生まれ）であることと、自身の戦時体験に基づいた、反安倍政権「立憲政治を取り戻す国民運動委員会」に名を連ねる気骨だ。反原爆を訴える吉永小百合さんもそう

ステージの宝田明さん

だが、憧れのスターを人格的にも尊敬できるのはうれしい。

＊

トークを終えて上映の始まった『100発100中』は昔観ているが再見しよう。

宝田明はおフランス生まれの日系三世。ひょんなことから国際秘密警察インターポールのアンドリュー星野（ほしの）になりすまし、超小型プラスチック爆弾を東南アジアに売りさばく謎の美女・浜美枝と組んで武器の国際密輸をあばく。

キザそのものの（本人談・自然にできました）宝田に、わがハーミー♡のセクシーなビキニ姿が満開！　探りつけたのろま刑事・有島一郎がドジする中、コメディータッチの話はどんどんエスカレートして、セスナ機空中合戦、東南アジアの小島の大爆破など、見どころ満点。高慢な知恵者が決まり役の平田昭彦（東大出身）が、液体爆弾入りのスキットル瓶を手に最後まで自信満々にキザ笑いするのがウレシイ。当時大ヒットした007を意識した脚本は都筑（つづき）道夫と岡本喜八（きはち）で納得。おとぼけ二枚目とセクシー美女のコンビは、まさにルパン三世の元祖でした。

今日は宝田明デーだった。名画座ファンなら知る「名画座かんぺ」を発行する、のむみちさんによる宝田明さんの聞き書き本は、筑摩書房から今春刊行を目指して準備中だそうで待ち遠しい（二〇一八年五月に『銀幕に愛をこめて　ぼくはゴジラの同期生』と題して刊行されました）。

大映撮影所の絶頂期

私の最大の趣味は映画で、昨年は百十三本を観た。一月はすでに十六本。大体三日に一本の計算。一年に百十三冊の本を読めば読書家と言えるだろうが、はたして私は何冊読んだだろうか。

百十三本といっても新作は二本で、通ったのは名画座の日本映画ばかりだ。〈今、古い日本映画に客が集まるのは、時間のある中高年が増えたことと、新作よりも昔見逃した映画を見たい欲求ではないか。若き日に胸ときめかせた憧れのスターや心をうつ文芸作品。若い頃は仕事に忙しく映画など見る暇はなかったが、見たい気持ちはあった。それが今できる。そうして見る往年のスターのまぶしいばかりの美しさ、男らしさ。スクリーンの高峰秀子や若尾文子（あやこ）、久我美子（くがよしこ）、有馬稲子、岡

角川シネマ新宿〈大映女優祭〉のロビー

田茉莉子の美しさに満場のため息がはっきり感じ取れ「きれいねえ」という声がもれる。佐分利信の男らしい風格や森雅之の陰影ある知性は今の俳優には全く望めないものだ。「やっぱり映画館で見るとちがうねえ」という声もうれしい。

そうして受ける感銘のうち、最も貴いものは画面に残る古い日本ではないだろうか。今は失われた懐かしい街並み、風俗、山河。貧乏でも家族の信頼や希望のあった頃、生きることに自信を持てた時代、大切と信じて守り通してきた価値、忘れそうになっていた自分がそこにあるのは、自身の人生の肯定につながる。古い映画の価値はそこにある。「映画は時代を経て内容が良くなる」のだ〉

以上は二〇〇九年の小著『シネマ大吟醸——魅惑のニッポン古典映画たち』のあとがきの一部だが、それから十年、ますます古い日本映画は人気で、新作よりも劇場の満席率は高いかもしれない。

客の質も上がり、名高い作品や名監督作品はとうに卒業し（観尽くし）、今は日本映画黄金時代の娯楽作が大人気だ。各館はおよそ一カ月の特集上映にあの手この手の企画をひねり出す。

これはとても良いことで、ある観点から選んだ作品を網羅して観ると、観る力が格段に上がり、映画をより深く楽しめるようになる。例えば〈一役入魂／映画俳優三國連太郎〉〈東映女優祭り／三角マークの女神たち〉〈生誕一〇〇年記念　池部良と昭和のダンディズム〉などの俳優もの、〈日活文芸映画は弾む〉〈豊かに実る松竹文芸映画の秋〉〈玉石混淆!?秘宝発掘！新東宝のもっとディープな世界〉など映画会社ものなど。

特筆は角川シネマ新宿を中心に、新文芸坐、ラピュタ阿佐ケ谷、神保町シアター、シネマヴェーラ渋谷が参加した名画座連動企画「大映女優祭」で、大映黄金期の百三十二本を上映した。

*

『白鷺』（一九五八年）は泉鏡花原作の明治もの。破産した料亭の娘・お篠（山本富士子）は芸者になり、有力者の御前（佐野周二）に借金のカタに身を迫られるが、若い日本画家（川崎敬三）と夫婦を誓う。しかし彼は師匠から愛娘（野添ひとみ）を託されていた。

タイトルバックの白鷺の墨絵から始まる俳優の演技の安定感、とりわけ本来の善良な二枚目を演じた川崎敬三がいい。逡巡する山本富士子を女心で後押しする同僚芸者の角梨枝子ははまり役。佐野周二は最初は誰かわからない丸眼鏡に太い鼻髭の変装メイクで、山本に自害されて逃げだす珍しい憎まれ役だ。美術に凝る巨匠・

衣笠貞之助が、装置、造園、大道具、小道具、衣裳、祭り再現などすべてに技を尽くした濃厚深々としたカラー撮影はすばらしく、これぞ映画芸術と感じ入った。

『女と三悪人』（井上梅次監督／一九六二年）はフランス映画の名作『天井桟敷の人々』と歌舞伎『三人吉三』をベースにした時代劇。

冒頭、賑わう江戸深川の大オープンセットに度肝を抜かれる。屋敷、商家、土蔵、飲み屋、芝居小屋などがぎっしり建つ間を大通りや横道が縫い、遠方大川端の先は遠く筑波山も見える壮大さ。そこを埋めて歩くさまざまな職の人波と、大道芸や叩き売り、ガマの油、占い師、手相見などを、俯瞰キャメラがワンカットでえんえんと移動してゆく。千人を超すだろう群衆エキストラは全員が髷に着物で、女はみな柄がちがうのだから衣裳だけでもたいへんな大撮影だ。

美人役者・山本富士子をめぐる市川雷蔵（もと役者の色男）、勝新太郎（豪快悪徳坊主）、大木実（世捨て浪人）の恋模様に男の意気地がかかる。夜の大川端、小舟が止まる水際の山本と雷蔵のしっとりした情緒。ラスト、舞台で娘道成寺を踊る山本と奈落から逃げる雷蔵のカットバック。映画美術の巨匠・西岡善信の力量と絶頂期大映撮影所の力をまざまざと見せつけた大作だった。

名代寿司と今年の運勢

寿司(すし)ほどおいしいものはないだろうと思っているが、一流店は値段が高く入れない。よって回転寿司かスーパーのパック寿司でお茶をにごしていたが、昨年暮れ「名店の五〇〇〇円までのランチ寿司」取材というありがたーいお仕事をいただいた。すわとばかり超熱心に取り組み、無事終了。あまり多くはないけれど原稿料も頂戴した（贅沢(ぜいたく)言うんじゃない！）。ではそれでまた寿司をいただこう。

向かったのは、そのとき入って一流の寿司を知った人形町(にんぎょうちょう)の老舗(しにせ)「喜寿司(きずし)」だ。金看板の上がる風格ある古い木造二階、時間は昼の開店十一時四十五分ちょうど。

「先日はお世話になりました」

「こちらこそ、さあどうぞ」

快活な四代目の魅力も文に書いた。今日の注文は〈ランチ四〇〇〇円・五〇〇〇円・一〇〇〇〇円〉から、念願を果たす〈一〇〇〇〇円おまかせ〉だ。私も今年は満七十二歳の後期高齢者目前。老人ホームの介護生活はすぐそこ、贅沢できるのも今のうち（と重大決意して来ました）。

カウンター真ん中に座り、まずお茶をひと口。それから握られた、〈まぐろ・ひらめ・ぶり・すみいか・みる貝・かじき・茹で海老（ゆでえび）・さより・穴子・玉子・鉄火巻〉のすばらしさ。黒漆塗りの付け台に一貫が握り置かれるとすかさず取り上げてしばらく眺め、口に入れて目を閉じ味わい、余韻を回顧しつつお茶で口をきれいにして次を待つ、を繰り返す無言の二十分。

「ごちそうさま、たいへんおいしかったです」

「ありがとうございます」の破顔一笑が江戸っ子だった。

＊

人形町のこのあたりは戦災を免れた古い家々がよく残り、角は自転車屋というのがいい。牛鍋や洋食などの食べ物屋はどこも下町の気軽さと粋を感じる。いくつも残る芸者置屋は情緒をとどめ、甘酒横丁を歩けば明治座という華やぎが町を染めている。

喜寿司すぐ先左は「元葭原総鎮守　末廣神社」だ。今年はまだ神社に手を合わせていないな、ここで初詣にしよう。

建物に挟まれたおよそ二間幅に建つ石鳥居にしめ縄、白い垂がかかる。囲む玉垣の赤く染めた名字彫りは、葭町 藝妓藝妓屋組合、芳味亭、今半、志乃多寿司、三倉屋米穀、光梅などご当地らしい。

由緒〈祭神　宇賀之美多摩命　末廣神社は、江戸時代の初期に吉原（当初葭原と称した）がこの地にあった当時（元和三年から明暦三年まで）その地主神産土神として信仰されていました。明暦の大火で吉原が移転してからは、その跡地の難波町・住吉町・高砂町・新和泉町の四ヶ所の氏神として信仰されていました〉。

正月の今〈日本橋七福神詣〉として、水天宮（辨財天）・茶ノ木神社（布袋尊）・小網神社（福禄寿）・椙森神社（恵比寿）・笠間稲荷神社（寿老人）・末廣神社（毘沙門天）・松島神社（大国天）が地図入りで列記される。

短い石畳参道を数歩歩いて、本殿に手を合わせた。

ぱんぱん。

今年もつつがなきよう。

ああ気がすんだ。守り札などを売るすぐ隣の窓口に小さな紙が鋲留めしてある。

〈平成30年　八方ふさがりの方〉。へえ、と見ていてドキ。〈生まれ年・昭和21年数え歳・73歳〉は私だ。しかも欄外に〈九星のうち「九紫火星」の方です〉と特記してある。私の九曜暦はまさに九紫火星。心配になって窓口の白い巫女装束の若い女性に訊いた。

「ぼくは昭和二十一年生まれですが、今年は八方ふさがりなんですか？」「誕生日はいつですか？」「三月です」「では九紫火星ですね」

しばらく口をつぐむので、なお心配に。そしてゆっくり言った。

「八方ふさがりという言葉は強いのですが、ふりかかる難題があればこそ、本当に大切なものが見つかるという良い意味なんです」

こちらの心情に配慮したもの言いだ。いつか見た雑誌の今年の戌年の運勢も悪く「とにかく何もせず、おとなしくしているように」とあった。いよいよ本物らしい。

いろんな守り札の中に〈八方ふさがり御守〉六〇〇円がある。

「こ、これをください」

ふるえる手で押し戴いて購入、巫女さんの「どうぞご無事で」の言葉で送られた。

今年は八方ふさがりか。余計なことはしないでおとなしくしていよう。いやむしろ、それはラクではないか。何もしないでいればいいのだ。今考えると巫女さんの

末廣神社の狛犬、よろしくな

言葉も含蓄深く思える。

私は戊年生まれの年男。縁起担ぎの名代寿司もいただいた。しっかと踏ん張って口を結ぶ狛犬(こまいぬ)の頭を「よろしく頼む」と撫で、守り札を手に神社を後にした。なにとぞ無事な一年でありますよう。

居酒屋の第三世代

居酒屋で飲んでいるうちに（まいどすみません）、ここ数年、東京の居酒屋に「第三世代」とも言える新潮流がおきていると気づいてきた。

第一世代は戦前あるいは戦後すぐから続く、根岸「鍵屋」、湯島「シンスケ」、大塚「江戸一」（以上東京居酒屋御三家）、神田「みますや」、森下「山利喜」、北千住「大はし」、神楽坂「伊勢藤」など、主人が三代目なら通う客も三代目というような老舗で、東京の居酒屋の原型を伝える格がある。

第二世代は、一九九〇年代に始まった地酒ブームをきっかけに現れた、全国の地酒を並べた銘酒居酒屋だ。第一世代の日本酒銘柄はたいてい一種類のみで、一級・二級があるくらいだった。

バーでウイスキーを、バランタイン、おれはバーボンなどと注文するように、日本酒を、越乃寒梅、おれは神亀と銘柄注文できるようになって日本酒ファンはぐんと増大し、「よくこれ手に入ったねえ」と通の心を満たす。酒を、酔うためだけでなく味わうようになると料理も格段に進歩し、居酒屋は酒と料理を等分に楽しむグルメの場所になった。三軒茶屋「赤鬼」、大塚「こなから」、代々木上原「笹吟」、恵比寿「和」、神田「新八」、赤坂「まるしげ夢葉家」などがそれにあたる。

第三世代は、その第二世代で修業を積んだ若手が独立した店だ。

初めての店で店主に「太田さん、どうも」と挨拶され、「はて？」という顔をすると「○○の厨房でよく太田さんを見てました」と言われることがよくあって第三世代の台頭に気づき、あわせて彼らの修業した店の系譜も見えてきた。

特徴は「女性客を意識していること」。第一世代の老舗は女性には敷居が高かったが、第二世代になってフルーティーな日本酒とともに、女性に居酒屋は新鮮な飲食の場所になり、酒を飲む楽しさにめざめさせた。男としてもオヤジばかりの老舗とはちがう「料理も満足させられる居酒屋」は女性を誘いやすく、居酒屋は男の聖地ではなくなった。

女性客ほど味も値段も居心地もウルサイ客はない。さらにトイレがきれい、サー

二月一日（木）十九時〜
『老舗になる居酒屋』（光文社新書）刊行記念
太田和彦さん×角野卓造さんトーク＆サイン会
「居酒屋は楽し」
満員御礼
会場　神田神保町店六階　東京堂ホール

うれしい貼り紙

ビスが感じ良い、店主がイケメンなど要求レベルは高い。この店と決めたら常連になって一途に通う純情な男とちがい、女性は良さそうな店ができるとすぐにそちらに走って較べる。飲食業にはまことに手ごわいが、女性の多い店は良い店といえ、そうなると男もそれ目当てにやって来るという寸法。よって最初から女性を意識した店造りをする。

もう一つの特徴は店を私鉄沿線の住宅地に開いていること。

従来の居酒屋開店の鉄則は人の流れの多い繁華街や駅前だったが、今は会社帰りのちょいと一杯などはあてにせず、目立たなくてもその店を目指してわざわざ来る客を狙い、仕事や居心地で勝負して贔屓にしてもらう。その結果、第三世代の店は山手線圏外にドーナツ化している。

今や日本酒は毎年名品が現れて人気が変遷しており、店主は置く酒に見識や主張が必要とされ、その勉強・新情報・入手先は必須条件だ。さらに料理のトレンド把握と名物定番作り、女性も男性も満足させる店舗設計、フレンドリーな接客術と、居酒屋ほどあらゆる要素のある難しい飲食業はなく、それには経営術も学びながらの修業は欠かせない。そういう店は入ればすぐわかった。酒料理はもとより、本物志向の店造りで何十年もやって行くという覚悟が、店主の目や落ち着きに表れていた。

以上を『老舗になる居酒屋─東京・第三世代の22軒』（光文社新書）にまとめた。

＊

二月のすぐ、神保町の東京堂書店からこの本の紹介をかねたトークをしませんかと有り難いお申し出があり、それならと、京都の店歩き『予約一名、角野卓造でございます。【京都編】』（京阪神エルマガジン社）と、初のエッセイ集『万事正解』（小学館）を相次いで出された居酒屋の飲み友、角野卓造さんにゲストをお願いして実現した。

その日は東京の今年二度目の大雪の日で、誰も来てくれなかったらどうしようと不安な気持ちで行くと「満員御礼」の赤い貼り紙が。やれうれしやと控室に入れば、すでに角野さんがサイン本の山に取り組んでいた。

私のテレビ番組のスポンサーである宝酒造から会場に缶ハイボール大量提供のサプライズに皆さん大喜び。こちらもプシとやりながらの居酒屋談義は、ここだけの話がもりあがり、会場質問「お二人はどうして知り合ったんですか？」に微妙に答えが違って笑われたりするうちたちまち終了。おかげで本も売れまして、皆さんありがとうございました。

銀座でカキフライ

この冬最後のカキフライを食べようと銀座に出かけた。

訪ねた「煉瓦亭」の玄関ガラスドアには〈北三陸直送牡蠣入荷しました　カキフライ是非お召し上がりください　数量限定〉の貼り紙。はやく来てよかったな。

創業明治二十八（一八九五）年の洋食の草分け。案内された地下の部屋は木の床で、壁に飾る鹿の首の剥製や水牛（？）の角がヨーロッパ山荘風。配置された小テーブルのクロスは赤い大柄ギンガムチェック。先日観たイギリス時代のヒッチコックの映画『バルカン超特急』（一九三八年）の小さな山岳ホテルのレストランに似る。

「いらっしゃいませ、ご注文は？」

「カキフライをください」

ピンク制服に小さな白襟、黒ストッキング、白エプロンのウエイトレスは昔風だ。冬の今は黒のカーディガンをはおり、階段下で手を前に客を迎える。

机のメニューはコンソメやオニオングラタンスープ、カニコロッケ、スパゲテーナポリタンなどオーソドックス。初めてキャベツ繊切りを添えた豚カツの元祖・名代ポークカツやオムライスは何度もいただいた。今度はマカロニグラタンにしようかな。

「お待たせしました」

おお来た。ポテトサラダと繊切りキャベツを従える大きなカキフライにフォークでレモンを搾り、まずは添えたタルタルソースで。

うまい。粗めパン粉の衣をカリッとやって現れる生の水気を残す牡蠣。この出会いが醍醐味だ。やっぱりこれだなあ。

しかし私は揚げ物は大のウスターソース派。二個めからはためらわずテーブルのウスターソースをじゃぶじゃぶにかけまわす。銀座のサラリーマン時代はライスもとって、最後はソースライスで締めるのがお約束だった。煉瓦亭のウスターは絶妙で次第に額に汗がじんわりしてくる。添えたパセリをちぎって繊切りキャベツと和えてソースをかけた即席サラダで本日は締めた。

ああうまかったと一階のレジへ。顔なじみのご主人よりもやや若めの方は息子さんだろう。壁の大きなポスターは〈八代目中村芝翫襲名披露〉。金地に中村橋之助・福之助・歌之助の若手三人が同じ青衣裳で〈初帆上成駒宝船〉の見得を切る、派手にして清らかな絵柄。

「このポスターいいですね」

「すこし前のですが、小学校同級の中村君（芝翫）に頼んで、もらったんですよ」

歌舞伎名代と同級生とはさすが銀座の老舗でした。

＊

煉瓦亭の先が、先頃閉店して話題になった、〈創業昭和6年の社交場　健全明朗女性とお話を楽しむ店です〉と青い外壁にある正統派大型キャバレー「白いばら」だ。閉店の挨拶文がある。

〈……これまで長年に渡り、日本全国の大勢のお客様に愛され続け、その時代、時代のホステスさんや社員に支えられ、ここまでお店を継続して来られましたこと、言葉にできない感謝の気持ちで一杯でございます。本当にありがとうございました。

いつもこの地に変わらず在った「白いばら」、一歩踏み入れれば、ほっとする昭和の内装、生バンド演奏・きらびやかなダンスショー、毎日楽しい会話が始まりました。創業から歩んだ八十七年間の歴史に、今、幕を下ろさせて頂きます。みな様の心に白いばらがそっと咲き続けていますことを願って……〉

〈幕を下ろす〉がぴたり、最後の一節がいい。全国各県のホステスから出身県で指名できるのが売りで、私も長野県の娘を呼び「どこ？　オレ松本」と話してみたかったが、願いに終わった。

そのまま並木通りを歩いて七丁目へ。資生堂本社に二十年デザイナー勤務した私は、銀座に来ると本社のウインドーディスプレイを見るのが楽しみだ。冬の今はどんなか。おお、タイトル「銀座彩光」伊藤隆道氏の小回顧展だ。

伊藤さんは一九六二年に東京藝大を出るとすぐ資生堂本社ウインドーのデザインを始めた方だ。無数に下げた細い金属をモーターでゆっくり動かす「動く造形」に色光を当てる繊細な抽象表現は、並木通りに落成した新本社の横六メートルの大一枚ガラスショーウインドーをアートの舞台とさせ、その下にほんの数本置いた口紅を強烈に印象づけた。一九六九年に宣伝部に入社した私はウインドーをアートの場とする資生堂の高踏的な姿勢に深く感じ入った。

その頃の作品の写真を展示。久しぶりの新作は、細い金属ワイヤの不定形な形を連続させて動かす懐かしい伊藤調。これは夜に見た方がいいなと再訪することに。

近くの資生堂パーラーの伊藤作品も見て、冬限定のストロベリーチーズケーキを買い、冬の銀座散歩を終えたことでした。

「煉瓦亭」のカキフライ

わが演劇遍歴

演劇の魅力を知ったのは学生時代に見た唐十郎の状況劇場からだ。一九六六年の『アリババ』に始まり『ジョン・シルバー』『腰巻お仙』『由比正雪』などすべてを追いかけた。何時間も並んで入った新宿花園神社の紅テント公演は、脱いだ靴の袋を手にどんどん前に詰めさせられて桟敷の最前列。幕が開いた瞬間、袖から舞台に突入した（これが得意の登場だった）女形・四谷シモンに、当時カストロ帽をかぶっていた私は「ちょっとそこの自衛隊のお兄ちゃん！」と名指しでからかわれ、赤くなってうつむいた。

手元に残るチラシ『吸血姫』の役者群は唐十郎・李礼仙・麿赤児・大久保鷹・不破万作・根津甚八・十貫寺梅軒・赤瀬川原平ら。キャッチコピーが泣かせる。〈あの季節、風にさらわれた幻の観客　遁走民族を追って、辻から辻へ……　そしていま、上野の森をめざす紅テントの肉体河原！〉〈「今夜はぎんなんが熟れて、月もきれいだから　あたしまるで象牙の墓をさまよう　ウンコだらけの獣みたい」〉。上野水上音楽堂の冴え冴えとした月下の公演は忘れ難い。

渋谷の喫茶店「プルチネラ」で観た、コーラ一本付きの、つかこうへい作『熱海殺人事件』は文学座アトリエ初演のすぐ後だった。つか芝居はいくつも観たが観念的な内容に飽き、できたばかりの劇団「東京乾電池」に通うようになるうち、座長柄本明にポスターを頼まれ、条件は「デザイン料なし、打ち上げで好きなだけ飲める」という破格の厚遇。かくして柄本さんはじめ、高田純次、綾田俊樹、ベンガルらの役者と親しくなり、演劇は日常のことになった。

下北沢を中心に好きな演出家や劇団、役者に出会うと、その公演はすべて追いかける観方が定まる。売れないムードコーラス「山田修とハローナイツ」の内輪もめや哀歓を描いた水谷龍二・作演出『星屑の町』にはすっかりはまり、そのシリーズや『ある晴れた日の自衛隊』『クレイジーホスト』などすべて観て、ラサール石井、小宮孝泰、渡辺哲、でんでん、菅原大吉、有薗芳記、新納敏正、朝倉伸二などなどの愛すべき役者たちに、カーテンコールでおひねりを投げたこともある。

男くさい集団劇「星屑の会」の一方、東京乾電池で客演していた三女優が結成した「グループる・ばる」は、キモかわいい・松金よね子、愛敬あるしたたか・岡本麗、ちょっと抜けたお色気・田岡美也子（お姉様ゴメンナサイ！　でもぜひネットで見てほしい、必ずにっこりほっこりなります）。新宿の小さなホール公演で忌野清志郎の「スローバラード」を熱唱する松金よね子にハートをつかまれて以来、『八百屋のお告げ』『片づけたい女たち』などすべての舞台が忘れ難い。

どの劇団も最初期から観ているのが自慢。演劇はやはり役者を観るもの。それまで何もなかった舞台に生身の役者が作りだす感動こそが醍醐味だ。風間杜夫の一人芝居。アチャラカが身についた伊東四朗の凄み。「文学座」角野卓造の精密な役造形。「東京ヴォードヴィルショー」佐藤B作のふてぶてしくからみつく魅力。華のある戸田恵子、キムラ緑子、あめくみちこ。お江戸の時代から役者に入れあげるのは世の習いだ。

*

紀伊國屋サザンシアターに、伊東四朗と三宅裕司の『伊東四朗　魔がさした記念コントライブ　死ぬか生きるか！』を観に行った。一幕一話のコント劇だ。

レストランで注文料理の出が遅いと怒る客に黒スーツ姿の支配人（三宅）が謝る

捨てられない公演チラシ

が、そこに出てきた白衣のシェフ（伊東）は客の「いつまで待たせるんだ！」に「……♪私待つわ、いつまでも待つわ」とすぐ言葉尻をとって歌いだし、三宅はノッて踊りだす。歌謡曲あり民謡ありラテンありサンバありと三宅がスマートに何でもキメるが、ハッと気づいて止める繰り返しにニコニコ、ワハハ。

地下室に置かれた時限爆弾の横の椅子にギャング風の三宅が縛られて焦っていると、メーター点検員（伊東）が入って来て「爆弾の時計止めてくれ！」と叫ぶが、伊東は「はいはい、その前にメーター見とかないと」と慌てず「ちょっとこの懐中電灯持っててください」「縛られてるのにできるわけないじゃないか！」とさらに焦る。

幕間は八十歳を迎えた伊東の半生を、息子の役者・伊東孝明がたどり、貴重な写真が興味深い。

全五幕。まくしたてる三宅と、脱力させる伊東の掛け合いに満場爆笑また爆笑。物語のある演劇とはちがうライブコントは昼公演にぴったりだった。三宅が伊東四朗をリスペクトして名づけた「熱海五郎一座」の次回は五周年記念で新橋演舞場で一カ月やる。これも行かなくちゃな。

バー「サンボア」の百年

銀座にある会社に二十年勤め、おのずとバーも通っていたが、その後しだいに正統バーは関西にあると思い始めた。

襟なしの白いバーテンダーコートに蝶(ちょう)ネクタイ、正確無比な氷なしハイボールを作り、客はカウンターで立って飲む。つまみの類はなく、バーテンダーは無駄話をしない。女性従業員はおかず、女性客もあまり歓迎しない。オリジナルカクテルや流行（フルーツものとか）に興味はなく、ＮＢＡ（日本バーテンダー協会）やコンテストにも全く関心がない。

それを知ったのが大阪・京都にいくつもある「サンボア」と名のつくバーで、ルールを守るある種の堅苦しさによる品位を、これぞ基本のバーと感じたのだった。

銀座のバーは女性がお相手するイメージがあるがそれはクラブのことで、バーテンダーがオーナーで酒だけを楽しむのがバーだ。名バーで知られた「サンスーシー（命名・谷崎潤一郎）」「クール」「うさぎ」「ボルドー」あたりがそれだった。今は戦前から続く名門「ルパン」、世界にとどろく上田カクテルの「テンダー」、オーナーはNBA会長（当時）で一昨年日本開催の世界大会を成功させた「スタア・バー」が御三家か。銀座バーの特徴は店に個性を打ちだして、カクテルに絶対の自信を持ち、客もまた身構えて入ってくる。

関西はちがう。例えば集金など仕事途中にちょっと息抜きで入り、「モスコミュール作ってんか」と注文して競馬新聞をひろげ、一杯ですぐ帰る。翌日も来る。名門「吉田バー」「ウイスキー」も日常の場。つまりバーは特別な場所ではなく生活に浸透している。法善寺横丁の老舗「門」は、母と娘で来てグラス片手に家庭内の話をしているのは珍しいことではない。

「サンボア」は大正七年神戸のゴルフクラブのバーから発し、今は大阪に八軒、京都に三軒、東京に三軒があり、それぞれ「堂島(どうじま)サンボア」「京都サンボア」「銀座サンボア」のように地名を冠する。サンボアを名乗って独立するには「最低十年以上修業、各サンボアのオーナー全員の承認」という厳格なルールがある。

「銀座サンボア」にて

二〇〇三年、初の東京進出「銀座サンボア」が開店するとすぐに行き、関西と全く変わらないスタイルが銀座に受け入れられるかを見ていたが、たちまちなじみ、銀座バーのよそ行きがなく、また大衆バーでもない、大人が気楽にちょっと寄れる場が待望されていたのだとわかり、ハイボールの飲み易さが注文の面倒をなくした。

戦後の銀座バーでハイボールは主流だったが、高級化するなかで安い飲み物のイメージになり「スコッチの〇〇をソーダで割って」と気どった頼み方になっていた。ブランド主義ではなく「安い飲み物」を最高に仕上げる関西の真骨頂は歓迎されたのだった。

その銀座進出を果たしたオーナーバーテンダー新谷尚人さんが書き下ろした『バー「サンボア」の百年』（白水社）は、八年もかけた綿密な調査を端正な文で書きつづった労作だ。戦前関西のモダニズムから始まったバー文化の「バーとは、カウンターと瓶棚のあいだに、ひとつの人格があればよい」は最も印象に残る言葉と書き、あとがきの〈サンボアは（単なるバーではなく）一つのイデアである〉がずっしりと重い。

＊

サンボアは今年（二〇一八年）創業百年を迎えた祝賀会が、二月十八日には京都ホテルオークラ、二十三日にはザ・リッツ・カールトン大阪、二十八日は帝国ホテル東京で開かれ、私もそこに出席した。

広い会場にグラスを手にする客は四百人ほどか。静かに流れていたベートーヴェン「歓喜の歌」が高まって開会。壇上に発起人十四人が並んで挨拶。この種の発起人は名士を連ねることが多いが、十四店あるサンボアがそれぞれ、これと思う常連客にお願いしたそうだ。

次ぐ「堂島サンボア」店長の挨拶は新刊『バー「サンボア」の百年』にふれ、創業者・岡西繁一の消息は調べきれなかったが、書評を読んだ高齢長女の方から連絡があり一気に氷解。生没年もわかり、痛快な人物だったというドラマチックな話に満場「ほう」と息をのむ。司会進行はちょっと知り合いの松尾貴史さんで、合間に顔をみせると「オ！」と笑ってくれる。

あとは賑やかに談笑。老舗バーらしくこの会に招かれた誇りをこめた盛装紳士淑女が多く、上着だけの私は恥ずかしい。バー友の知り合いも多く、話がはずむ。

マンドリン合奏や弦楽四重奏など優雅にすすむが、そこは「全員酒飲み」の集まりゆえ次第に賑やかに。最後の壇上に十四の店長全員が、いつもの白のバーテンダーコートではなく蝶タイ・黒タキシードで並ぶ壮観に大拍手。最若手「数寄屋橋サンボア」店長が高校球児選手宣誓の如きさっぱりした口調で「これからの百年をつくっていきます、よろしくおねがい致します！」と絶叫。万雷の拍手はいつまでも続いた。

オールドノリタケとＣＤ

　春の散歩をかねて、銀座三丁目のビル二階のウインドーが気になっていた「ノリタケ・大倉陶園(おおくらとうえん)　銀座店」に行ってみた。

外の螺旋(らせん)階段を上がった二階は高級感あふれ、応対女性に「すこし見させてください」と声をかけ「どうぞごゆっくり」とにっこりしていただく。品は割れもの、肩カバンが触れぬよう前でしっかり押さえてゆっくり見ていった。

　深い絨毯(じゅうたん)のショールームはかなり広く、陳列のカップ&ソーサー、皿器などのテーブルウェアは花柄、植物、果実、連続模様など、色鮮やかに華麗な絵柄が見飽きず、人の美的創造力の無限を知る。形もモダンありクラシックあり。器と把手(とって)だけでよくこれだけ変化をつけられるものだ。値段は明記され「これほどの良品が案外安い」が正直な感想。みごとな細密画のマグカップ各種はプレゼントに最適だろう。まさに眼福。豊かな幸福に満ちた世界がある。

別コーナーは白一色の業務用。絵柄はないかわりに計算されたフォルムがいかにもプロのためのもので値段はさらに安く、手にのせて、このシンプルもいいなあとしみじみ見る。

中央の特別コーナーは、今や名高い「オールドノリタケ」の復刻を並べて豪華だ。手描きではない転写ゆえ美術品値段ではなく、買おうかなと真剣に考えた。買ってどうする？　もちろん皿立てに飾って眺める。今も飛騨高山（ひだたかやま）の古道具屋で買った、滝を眺める昔の旅芸人という泉鏡花好みの和皿を飾っている。みなさん、皿を飾るのはいいものですよ。

一隅にある径二〇センチほどの紺皿は「平成30年歌会始プレート」で、裏に〈平成三十年「語」宮中歌会始御題〉の銘が入る。

富士を背に松と竹を配して白兎（しろうさぎ）と亀を描き、金粉を散らす絵柄は、御題「語」に合わせ、日本人なら誰もが知る語り物をと「伊曽保（イソホ）物語」の兎と亀をおめでたい柄に配したそうだ。もしもし亀よ、亀さんよ……の説話は、ポルトガルからイソップ物語が入り江戸期に広まった。この皿は毎年作り、コレクターもいて、今年のは完売したそうだ。

商談机ではカップルが引出物らしきの相談だ。美しい食器は喜ばれるだろう。

購入した森川崇洋著『華麗なるオールドノリタケの世界』によると、天保十（一八三九）年、江戸に生まれた森村市左衛門は福沢諭吉の助教を受け、弟・豊とともに貿易会社「森村組」を作ってニューヨークに進出し、六番街に「モリムラブラザーズ」を設立。陶磁器が中心商品となり、名古屋を中心に製造を始めて輸出した。

有田や伊万里の高い技術を生かした洋食器は大評判となり「盛り上げ」「金盛り」「モールド」などの技法を駆使した大壺や花器は美術品として高価取引される。絵柄も当時のヨーロッパの主流であるアールヌーヴォーに巧みにオリエンタルな要素も加え、エミール・ガレにも劣らない評価を受けた。今これは「オールドノリタケ」として欧米に熱狂的コレクターが現れ、近年はフランスと同時代に作られたアールデコ製品が熱く再評価されているそうだ。

写真集は食器のみならず、花器、ドレッサードールと呼ぶ女性の人形やナイトランプ、化粧台まわりや喫煙具まで美の世界を作っている。これらのギャラリーや資料館のある名古屋の「ノリタケの森」をいつか訪ねてみたい。

＊

さて「眼福」の次は「耳福」。銀座で必ず寄るのが山野楽器二階のCD売場だ。探すのは五〇〜六〇年代の女性ボーカル。もう大抵買い尽くしたが、何か新しいのが出たかもしれない。

でたでた。『ミンディ・カーソン・ウィズ・ザ・ドーシー・ブラザーズ』はトミー・ドーシーをバックに全十六曲を世界で初めて完全収録。『リン・テイラー・シングス・アイ・シー・ユア・フェイス・ビフォア・ミー』は輸入盤紙ジャケットのイラストがいい。実力派ジェリ・サザーンの『ジェリ・ジェントリー・ジャンプス』は同じく輸入盤紙ジャケ。『サンディ・ワーナー／フェア・アンド・ワーナー』はジャケット写真の美女太ももに眼がくらみ。大好きなジョー・スタッフォードに男性歌手ヴィック・ダモンのカップリングはやはり買わなきゃ。お、これもご贔屓のスー・レイニーにクリスマスアルバム『クリスマス・レディ』があったとは。『アロマ・オブ・ハワイ／シモーネ』はハワイアンジャズでのんびりできそうだ。大御所エラ・フィッツジェラルドの発掘盤『ライヴ・アット・ザルディーズ』もやはり。

計七枚。不見点で買うCDの打率は一割。でも当たれば一生の友となる。さてどうなるか。

Tape Monitor
Volume
DSD
12 0:32:55
TEAC
Jo+Vic
NDY CARSON
The Dorsey Brothers
STEVE ALLEN
Presents SANDY WARNER
Fair & Warner

収穫CDの一部

仙台、勾当台公園

仙台の仕事の前に昼食を済ませよう。私の決まりは中華「成龍萬寿山本店」。昼休みは混むので十一時ちょい過ぎに。

ここの〈担々麺〉九八〇円は、辛みと胡麻のバランス絶佳に乱切り玉葱が甘味を加えてやめられない止まらないいだが、難点（良点？）は特大ボリュームで、いつも四分の一は残してしまう。今日は〈上海炒麺〉上海やきそば一一〇〇円を初注文。

待つことしばし。聞こえる店の人の会話はすべて中国語、餃子を包みながら何か話している。

中華料理店の品書きは字面で何となく内容がわかる。〈干貝青梗菜・カンペイチングンツァイ〉は干し貝チンゲン菜炒め。なるほど、うまそうだな。〈西紅柿炒鶏蛋・シイホンスツァオジダン〉はトマトと玉子の炒め。トマトは西紅柿と言うんだ。壁に〝究極の四川料理〟と特記した〈水煮肉片・スイジュウローペン〉キャベツと豚肉の辛味をいつか食べてみたい。

「オマタセシマシタ」

おお！　直径二〇センチの大皿にこれ以上は無理の巨大盛り。豚肉・キャベツ・小松菜・もやし・かぶ・炒り玉子・麺の、白・緑・黄色が渾然となった頂上に画竜点睛とばかりに真っ赤な茹で海老が鎮座して盛大に湯気を上げ、優に二人前はある。味はいくらでも食べられるあっさり。わしわしむしゃむしゃぱくぱくツー（添えた中華スープ椀）を淡々と繰り返したが三分の一を残してギブアップ。げふ、恐れ入りました。

ここに最初に入ったのは店名「成龍萬寿山」に惹かれたゆえだ。昭和二十一（一九四六）年三月三日、私の出生地は北京の日本人収容所で西郊の万寿山にあった。地名は乾隆帝が生母の六十歳を祝って命名、後に西太后が莫大な国費をかけてここを避暑地「頤和園」に造成した。

とうに亡い私の両親は戦前に中国で見合い結婚。父は現地日本人学校の教師で、敗戦後に故国に引き揚げた。郷里長野県の教師勤めは昭和四十八年に定年となり、その慰労に、両親・兄・私は中国に両親旧居を訪ねる旅に出た。引き揚げから二十七年ぶりだった。

母が兄を産んだ済南（チーナン）の病院はそのまま残っていたが、二年後に弟の私を産んだ北京・万寿山の日本人収容所は手がかりもなく、両親の記憶に結びつくものはなく、案内ガイドの若い人はその歴史も知らなかった。生後三週間で引揚船に乗った私は風景を覚えているわけもないが、今は世界遺産となった頤和園・昆明湖（こんめいこ）の水面を、自分はここで生まれたんだとじっと眺めたのだった。

レジで女性に店名のいわれを訊くと、「成龍」は社長の名、「萬寿山」は故郷の子供の頃の遊び場だった山、とのことだった。

＊

隣の勾当台（こうとうだい）公園に野菜や海産物を売る露店テントが出ている。石巻十三浜（いしのまきじゅうさんはま）のわかめ、ミヤギシロメ大豆の豆腐、熟柿（じゅくし）……。

隅に立つ高さ一メートルほどの薄物をまとった女性像「織姫」の作者は雨宮（あめのみや）敬子。仙台は野外彫刻に力を入れ、定禅寺通（じょうぜんじどおり）には巨匠グレコ、マンズーをはじめ数々が立ち、続く西の森にある私の好きな対の裸像「杜（もり）に聴く」の作者も雨宮敬子だ。こちらの織姫像は昭和六十二年、仙台ロータリークラブ結成五十年記念に、ふ

堂々たる「谷風」の像

るさとの祭七夕の象徴を依頼したとある。捧げた手に持つのは横糸を巻き付ける機織りの「杼」、冠は仙台の花「萩」をあしらった。

一方に立つ「第四代横綱谷風梶之助等身像」は、突き出した腹に化粧まわしの端を少し持ち上げた威風堂々たる姿。

名横綱「谷風」は寛延三（一七五〇）年、宮城郡霞目村（現仙台市霞目）に生まれ、幼名・与四郎。身長六尺二寸五分（一八九センチ）、体重四七貫（一七〇キロ）。三十九歳で横綱昇進。優勝二十二回、連勝六十三、通算成績四十七場所・二百五十八勝十四敗三十六分け預り、勝率九割四分八厘。横綱在位中の四十六歳で病没したとある。

見ながら歩くご婦人数人が「白鵬は張り手やめて、きれいな相撲とると負けるのよね」と言っている。横綱よ、この言をきけ。

小広場をはさんで建つ胸像は医学博士・志賀潔。

〈志賀潔先生は1870年12月18日　仙台市に生まれた（中略）東京帝国大学医科大学を卒業　直ちに伝染病研究所に入り北里柴三郎博士に師事し1897年志賀赤痢菌を発見す　時に歳二十七　1901年ドイツへ留学……〉

以降、文化勲章、仙台市名誉市民、勲一等瑞宝章など受章。その生誕百年の一九六九年に胸像建立とある。真摯篤実な顔は今も学問を見つめているようだった。腹ごなしの散歩で、よいものを見た。定禅寺通の梢高い欅並木はまだ裸だが、まもなく緑を繁らせるだろう。ホテルまで歩いて帰ろう。

京都、春の貝

一月、二月。毎年この時季は体の検査をしておとなしく冬眠。三月の誕生日を過ぎるとそろそろどこかに行きたくなる。そうだ、京都いこう。

夕方着いていつものホテルにパソコンをセット。わざわざ来たが目的はなく、仕事場を移動しただけの感覚だ。メールの返事などを片づけ、まずは酒。目的はないと書いたがこれがあった。

上洛(じょうらく)すれば必ず顔を出す店の一つ、改装中の祇園(ぎおん)南座を正面に見る二階、女性店主の「祇園河道(かわみち)」は最近のお気に入り。

「こんちは」「あら、太田さん」

「今回は何ですか」に「ここに来るためだよ～」とゴマをするのも挨拶のうち。で

「祇園河道」で春の貝を堪能

も本当にここに来るためではある。

ングングングング……。

ビールをグーッとやって、さて何にするかなと品書きを見るのは一番たのしい時。その日の魚を何種も叩いた〈なめろう薬味めかぶ和え〉はうまいんだ。同じく時季の品で揚げる〈本日のかき揚げ〉は桜海老はもちろん目の前の新物タラの芽も入るだろう。大好きな〈鶏胆スパイス煮〉は京都らしいがどちらも後半だな。うーんうーん、よし決まった。

「貝」

「はい」とにっこり。季節は早春、春は貝、貝は大好物。だんだん京都に来たくなったわけがわかってきた（のん気なもんです）。

あとは酒。目の前にどどどと一升瓶が四本並び出され、適当なのを選び、すべての態勢がととのった。

「みる貝です」

エイヤとこじあけた大きな殻をひっくり返した白磁の肌に盛った貝肉はわずかに縁が赤く、菜花と酢橘の緑を添えてこんもりと濡れ、あたかも口紅のみさした裸の熟女が春の朝湯に浸かるようだ。

……とは言えず（あたりまえです）おお春来たると両手を開く。高価そうな陶の箱膳に貝殻をじかに置き、蕾の紅椿を添えて霧を吹いたしつらえはさすが京都。

ツイー……。

ぬる燗を含んでいただく冷たい貝は、はじめコリコリ中ぬるり、セクシーな口当たりに春の甘味がたまらない。「おいしそうに召し上がりますね」と言われ、心の内を見られたようで赤面。

河道さんは料理人をめざして板前修業に入ったが、そこは完全な男社会で、名前も覚えてもらえず相手にされなかった。毎日壁を背に立っているだけがいたたまれず「お皿を洗わせてください」と言うと「お前、洗いもんできるんか」と言われた。

苦節十年。独立を決めると、やるなら一等地と探しに探し、祇園のここを見つけた。白い調理着では雇われに見え、白割烹着では愛想優先の女将になると、決めたのが白ポロシャツにネクタイ、半袖調理着のスタイル。男社会で鍛えられた芯の強さが、材料を惜しまない吹っ切りの良い料理に表れ、口が肥え、また気っ風に惚れた常連がたちまちついた。隣に座る人も見覚えがある。

それから飲んだ食べた。カウンター割烹ではないあっさりした内装の、要所に活けた季節の花と、骨董市で集めている和電灯や釘隠しがアクセント。私の徳利好きを知って、酒を変えるたびに徳利を替えてくれ、渋い藍染派だったのが、精緻に描かれた京都の華麗な徳利にすっかり魅せられた。この雀に菊の絵のもすばらしい。手が空いてそっと傾けている茶碗はどうやら酒らしくそこも好き。あれやこれやダーイ好きと酔い「階段急だから気をつけて」の声を背に慎重に下りました。

＊

翌朝は「イノダコーヒ三条店」で朝のコーヒーと京都新聞。与太者口調の麻生某、卑怯な安倍某は即やめてくれ。

その足で近くの京都文化博物館フィルムシアターは何をやっているか調べるのも毎度のこと。今は、おお「映画に見るきもの文化」として十五本の特集だ。

〈京都は、きものが似合う町であり、地場産業としてきものを生み出す町でもあります。今回の特集では、女優・市田ひろみさんからの映画『みだれ髪』の寄贈を記念して、（……）きものが織りなす美を堪能できる作品を（……）ハイソなマダムの上品な着こなし、芸妓や任俠のお姐さんたちのいなせな着こなし、そして働くお母さんの力強い着こなし等々、映画の中には豊かなきもの文化が息づいています〉

その言や良し。衣笠貞之助監督、出演：山本富士子・勝新太郎の『みだれ髪』は大映絶頂期・一九六一年のカラー作品でさぞかし華麗だろうが帰る日だ。どうしよう。

それはともかく今日は巨匠・溝口健二の『歌麿をめぐる五人の女』（一九四六／松竹太秦）。溝口作品を京都で観るのはひと味ちがう。一時半からの上映にいそいそと切符を買ったことでした。

京都、白川の柳

　京都の楽しみは昼飯。最近は中華にはまっている。姜尚美さんの名著『京都の中華』で、独特のあっさりした中華は知られるようになったが、今日はそのジャンルとは別の、京都で昔から評判という町中華「マルシン飯店」にしよう。

　場所は東山区東大路通三条下ル南西海子町。京都の地名は難読が多く「みなみさいかいしちょう」と読む。探してたどりついた、車がびゅんびゅん走る東大路通に面して、開店十一時少し前にすでに七、八人が並ぶ。入口ガラス戸には大きな赤文字で〈午前十一時より翌朝六時迄(まで)〉。ということはなんと十九時間営業。一日の残り五時間、寝る暇があるのだろうか。

　開店して一同ぞろぞろ中へ。先手必勝と〈熟成肉餃子〉三八〇円とランチタイムサービス（十一時～二時）六五〇円の〈天津飯〉を注文したが殆どの人はこれだ。天井は蛍光灯、赤いデコラ机、クーラー上のテレビは昼のワイドショーと典型的な町中華。

熟成庫に吊るす大きな枝肉の写真に〈マルシン熟成餃子は京都中勢以の熟成豚を使用しています〉とある。餃子は一皿六個。皮は薄くぱりっとして、奨める食べ方、酢に胡椒を振った〈酢コショー〉がとてもよく合う。〈マルシンといえばコレ！〉とある名物・天津飯は、ふわふわのとじ玉子をたっぷり餡かけにして下のご飯が見えない。ひとさじ掬うと、母に抱かれたような温かみのうまさ。これも何かと玉子でとじる京都の料理だ。

学生や早昼飯のネクタイ会社員、ＯＬがいるのは健全な店の証拠。隅に座ったお婆さん一人は大きな天津飯をみごとに平らげた。

＊

ああうまかった。東山のこのあたりはあまり来たことがなく、少し歩いてみよう。古川町商店街アーケードの狭い路地は食料品などの小さな店が続く。

とば口の、刃物砥ぎ「常真」は〈家庭用の刃物お研ぎします。即日仕上げ　包丁９００円〉。こんど持って来ようかな。京都のラーメン店がこぞってガラを買いに来るという鶏肉「鳥寿」は主人が黙々と鶏を捌く。「京山食品」に並ぶお総菜がうまそう。全国の食品が並ぶ「阪本商店」は見始めたらきりがなさそうだ。京昆布の「田なか」もご当地。向かいの鰻屋「野田屋」の店頭にロック歌手デヴィッド・ボウイが買い物する白黒写真がある。

京菓子「むらを東三堂」、和菓子「かぎ甚」に、豆腐屋「近江食品」があるのは良い商店街の証拠。「履物林屋」も必要な店。「ミズギク生花」の春の花束に足が止まる。「清水メリヤス店」は名前がいい。金網・日用品「北出金網店」ものぞきたい。町家をそのまま使った小ホテルもいくつかあり英語の案内が出ている。

その先のしゃれた店はなんとマルシン飯店で使う熟成肉「中勢以」の小レストランで、店名「月」は「肉好き」か。素敵な女店員がショップカードをくれた。よし今度〈熟成肉の特製ハンバーグ約１８０グラム・２９８０円〉を食べに来よう。

「太田さんですか」と声をかけられ「ちょっと寄りませんか」と招かれたのは商店街真ん中の開放的な事務所。その鈴木さんは、かつて「東の錦（市場）」と言われて繁盛したここを活性化する活動「白川まちづくり会社」をされている方で、商店街に沿う白川の清掃から始めると、七十四人ものボランティア参加があったそうだ。

鮮魚店が多いのは鯖街道最終地だったからで、私は福井の小浜で起点の道標を見

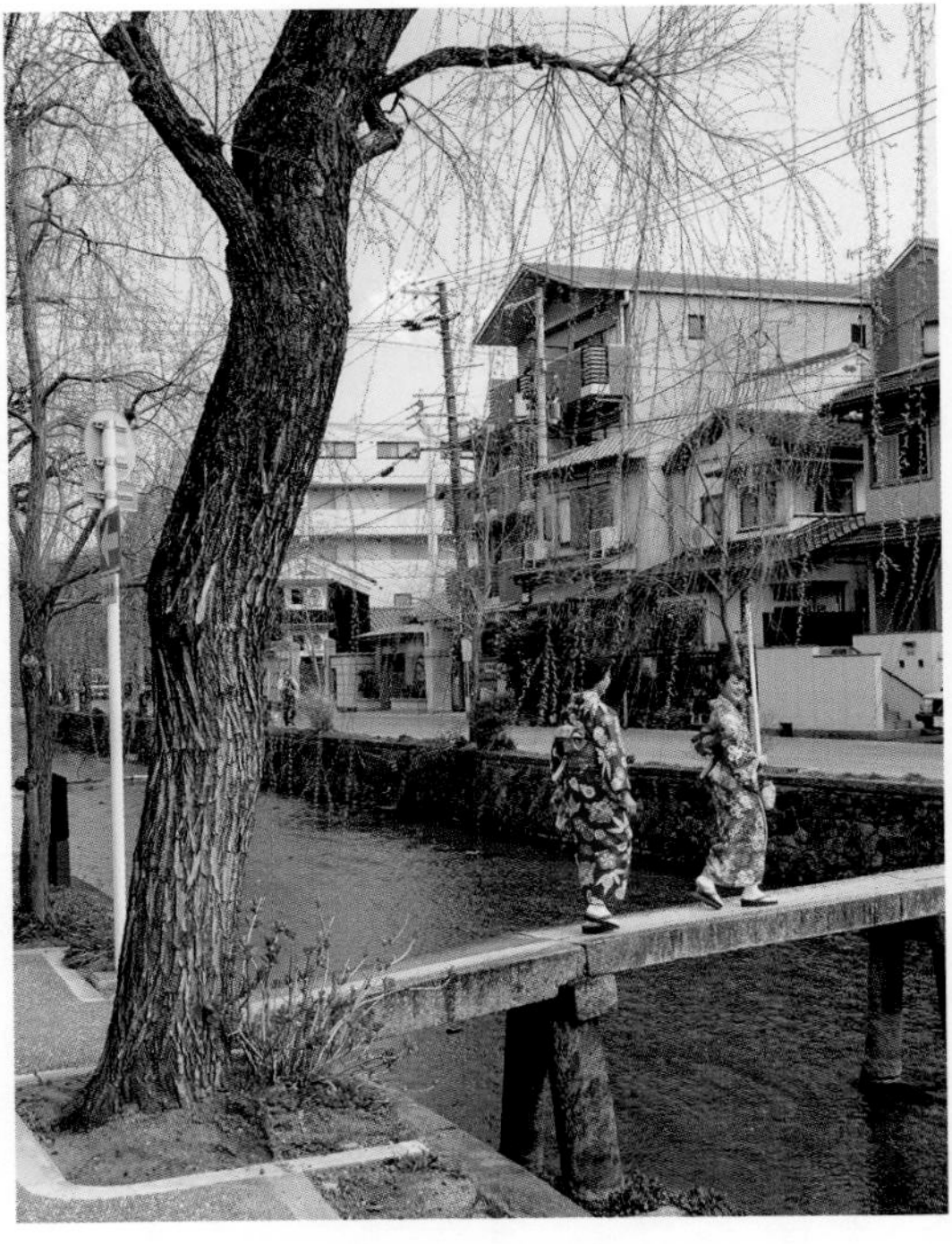

一本橋の柳に映える美女二人

たからこれで完結した。D・ボウイは京都山崎に住んでいたことがあり、ここで八幡巻(やわたまき)を買ったが店の人は誰か知らなかったというのがいい。

古川町のある東山は、かつての京の七口（七つの入口）の一つ「粟田口(あわたぐち)」があった。京都藝際交流協会JARFO京都画廊などまちづくり活動の成果か、最近欧米人にたいへん人気があり、今もみごとに着物を着こなした金髪男女カップルがお茶を飲んでいた。

事務所に大切そうに置かれる〈古川町朝日会〉と書いた、ハンドルつき八角の福引ガラガラ箱〈回轉式(かいてんしき)抽籤器(ちゅうせんき)〉は商店街の大切な持ち物だったのだろう。地域を愛して尽くす人がいる町はよい町だ。京都に好きな小路がまた増えた。

商店街を抜けた白川は幅一一・七メートル。川底の白砂（石英砂）で白川と名がつき、毎年掃除する清流に春柳の芽吹きが爽やかだ。架かる「古川町橋」通称一本橋は幅わずか六〇センチの柵のない石橋で、向こうから人が来ればすれちがえなく、ここを自転車で渡るのは小学生の度胸試しという。また、比叡山千日回峰行(ひえいざんせんにちかいほうぎょう)を終えた行者が修行報告に最後に渡ることから「阿闍梨橋(あじゃりばし)」とも呼ばれる。

おりしもすてきな着物姿の女性が二人渡り始め、早速カメラを構えたのでした。

京都、前衛の館

昨日歩いた三条白川に、小皿が評判の「うつわ阿閑堂」があると知り、散歩がてら訪ねてみた。

地下鉄東西線・東山駅から上がった三条通りの商家瓦屋根に上がる立派な扁額「紙嘉」（紙は嘉きもの、か）の書はじつに達筆で、創業元禄年間、揮毫南禅寺文峰とある。〇に〈丶〉マークの長い白麻暖簾脇のウインドーに硯が二つ。

〈端渓硯（中国広東省広州）「赤子の肌」と評されるしっとりした肌触りと、紫系統の石色が特徴です。墨降りは抜群で実用に向き、滑らかな磨墨感と美しい発墨が魅力です〉。値段、四万八〇〇〇円と二万五〇〇〇円。文房四宝（硯・墨・紙・筆）の中でも硯は最も重んじられるという。さすが京都。

その先の脇小路に入ったひなびた餅屋の、おはぎ、よもぎ餅、桜もち、にっき餅、黒豆入り豆餅、花見だんご、名物志んこ、お赤飯などと大書したビラが貼られる向かいがうつわ阿閑堂だが、店は明るいのに玄関引き戸が開かない。ははあ、京都によくある昼食休憩だなと見当をつけ、後で来ようと少し先へ。蕎麦屋二軒「白川橋桝富」「石臼挽き蕎麦　三味洪庵」が並んだ先の突き当たりの右先は白川の流れで、昨日の一本橋あたりよりも狭く深い。

さて戻ろうと見た小ビル路上に、観音像や青く塗った裸のマネキン、奇妙な彫刻などが置かれ、上はギャラリーのようだ。外階段を上がった二階の看板「ギャラリー&ショップ　カオスの間　第一診察室」の脇には、真っ赤な頭に金属歯車を串刺ししたオブジェもある。前衛派だなと戸を開けると、オオ！　これはすごい！

けっこう広い部屋に、ガラスの化学実験器具、金属の医療機器、柱時計の機械部、箱をはずした真空管むき出しのラジオ、大小金属歯車の山、人体解剖模型、古スピーカー、計器類などなどなどが、床にも机にもところ狭しと無整理に並び重なる。要所に立つ偏愛するらしい等身大マネキンの裸美女が全く表情を変えないのが、妖しい魔窟の雰囲気だ。

入口にあったポスター、フランスの美術家マルセル・デュシャン（一八八七〜一

見よ、魔窟の美学

九六八）は、作者の痕跡のないレディメード（既製品）を芸術として扱い、男性小便器を逆さまに置いて自名をサインした「泉」が代表作。二十世紀美術に決定的な影響を与えて前衛の教祖とされる人だ。

ははあ、当ギャラリーの主張はよーくわかりました。それならまかせろと、さらにうす暗い部屋に進むと、奥のアトリエらしきから、赤スエットにニット帽、口ひげが立派なフランス人のような偉丈夫が現れた。

「ちょっと見せてください」

「五〇〇円です」

すぐ払うと相好をくずしたように部屋を明るくし、音楽かけなくちゃちゃと操作して流れ始めたのはピーピーガーガーの前衛音楽ミュージック・コンクレートで、金まで払って見るとは、こいつ何者という雰囲気で立っている。ここはゆっくりといこう。

「あのデュシャンのポスターは珍しいですね」「レディメードってわかる?」「わかるよ」

＊

それから開陳した論がいい。自分はガラスと機械が一緒になっているものが好きで、現代の品には興味はない。美術の勉強をしたわけではないが、こういうものを扱う市場に出入りしているうちにコレクターとなった。持ち込みもあるけれど、はたしてわかっているのかを厳しく峻別(しゅんべつ)している。

同好の士と見たか、コーヒー飲む？　と案外に気さくだが、えーとマッチがないと探しまわるところはのん気そうでもある。

前衛好きとしてはこれは何か買いたい、買うべきだ、と真空管コレクションの山から取り上げた巨大な一本、長さ二二センチ、直径五センチの透明薄ガラスから見える配線機構が複雑な「ＲＣＡ　ＲＡＤＩＯＴＲＯＮ　ＥＬＥＣＴＲＯＮ　ＴＵＢＥ」は音響器具初期を偲(しの)ばす逸品だ。はたして……。

「これいくら？」

「五〇〇〇円」

言下に答える。置き戻し、しばらく世間話してもう一回訊いた。

「少し勉強すれば買うよ」

「できません」

これもぴしりと却下。自分の芸術的信念にかけての雰囲気だ。ではとその値で買うと喜び、丁寧に包んどくねと言う。その気はないがデュシャンのポスターを指さすと「あれは売りません」と一蹴、私を喜ばせた。

京都ってすごいな。「文房四宝」にならい、マネキン・人体模型・化学実験器具・真空管を「前衛四宝」としよう。

戻ったうつわ阿閑堂は開いていて、並ぶ小皿類はまことにおだやかだ。野花を描いた二五〇〇円のを選び、真空管と古皿が今回の京都みやげになったのでした。

京都、河原で仰ぐ星空

京都に来てからずっと暖かく、最高気温は毎日二〇度前後。半袖の人もいるほどだ。

先日来た三条白川の石の太鼓橋「古門前橋」から先は門をくぐった知恩院参道になる。広くゆるやかな上り坂は正面遠く大きな山門が見え、客待ちなのか昼寝なのかタクシー数台が停まる他に人通りはない。歩道の桜は細い若木で、十代の少女が春を待ちきれずにすべてを咲かせたように満開だ。

寺前に春陽を浴びる、高さ一メートルほどの真新しい石の観音像はどなたかの寄進か。こういう像を彫る人がいるのがうれしく、自分もこんな仕事につけばよかったか。

寺は「信州善光寺別院華頂宮御殿趾　得浄明院」。私は信州の人間で善光寺もなじみがあり、それではと石畳を入ると本堂脇に桃色濃い桜が満開だ。

近くの立て札〈松風天満宮（松宿院）由緒〉に記される〈学文・技芸の向上・家門繁栄・諸縁円満・諸願成就の社。祠前の黄色い陶器製の狛犬は、小寺慶昭先生著『京都狛犬巡り』に、京都府下で一番恐ろしい面構えと紹介されている〉が興味を引く。

小門をくぐった本堂にまずは手を合わせ、脇を見ると、いるいる。台座に全高一メートルほどの阿吽の狛犬は大きな足をがっちり揃えて背筋を伸ばし、ピンと立つ耳、吊り上がるぎょろ目、耳まで裂けた口の「阿」は牙を剥いた威嚇咆哮、「吽」は唸って睨みつけ、赤子は泣きだす迫力だ。学文・技芸向上を願って頭を撫でたいが瞬時に噛みつかれそうで、びくびくと指だけ触れさせていただいた。

坂を上った正面、知恩院は浄土宗総本山。遥か高みに〈華頂山〉の金色額が上がる山門も、前の石段も、脇の石灯籠も、鐘楼の梵鐘も、大修理中の最も大きな伽藍「御影堂」を覆う天幕も、何もかもが巨大だ。せっかくだからと履物を脱ぎ法然上人御堂に上がる。

掲示板の新聞記事〈念仏の教え、バンドで伝道〉は、春のライトアップ期間中、若手僧侶三人（一人は女子）のバンド「ぽくぽくすまいる」が演奏で浄土を説く。法衣姿のギター、ベース、ドラムの演奏写真もナカナカだ。

広い御堂はおりしも正装の親族一同らしきが本尊前に座り僧侶読経が流れ法要中で、立って聞くわけにもゆかずその場に座った。経はわからないが、時おり入る「〇〇年〇月、何某往生」は故人名らしい。そこに木魚、鉦（かね）、拍子柝（ひょうしぎ）の「ポクポク」「カーン」「パタパタ」がリズムを与え「ナムアミダブ、ナムアミダブ」のリフレインがエモーションをかきたてて法悦郷に誘う。老残の身にはバンドよりもこちらだなと思ったのだった。

＊

四条河原町（しじょうかわらまち）奥、通称裏寺（うらでら）（裏寺町）の居酒屋「たつみ」は昼十二時からで四時の今は満員だ。すみませんと詰めてもらい、立ち飲み席でビールをぐいーっ。店中を埋め尽くす黄色いビラはこの世の酒の肴（さかな）のすべて。季節名残の〈播州赤穂（ばんしゅうあこう）酢がき〉といくか。

隣のオヤジ二人組が何となく話しかけたそうに見る。ほら来た。

「このポスター誰だか知ってる?」。知らいでか、名作の誉（ほま）れ高い〈お酒は黄桜〉三浦布美子（ふみこ）だ。「でもオレはこれの前の人の方が好きなんだ」「へえ、だれ?」ところがその名が出てこない。「えーとえーと、なんてったっけ、えーと……」。結局出てこなく、オヤジの会話なんてこんなものです。

お先にと出て、五時開店の先斗町「ますだ」へ。「あ、太田さん……すみません予約でいっぱいなんですよ」と申し訳なさそう。しかしひるむオレではない。じゃ来るまでとカウンター真ん中に座りこむ。何も言わずに置かれたのは鯉が二尾泳ぐ絵のマイ盃。

ツイー……うまいのう。

しょっちゅう来ていればこんなもんです。春の〈若狭カレイ焼〉をつつき、予約客が来たわけではないが小一時間で引き揚げ。

さあて。今夜は裏寺の居酒屋で知人と七時に待ち合わせていて先にあまり酔うわけにはゆかない。

あてもなく歩いた四条大橋から見下ろす鴨川の河原は、春の陽気に誘われ、名物の等間隔に間を空けて土手に座るカップルがいっぱいだ。私も酔いを醒まそうと河原に下り、腰を下ろした。

頬に当たる川風が気持ちよい。隣の話は聞こえるでもなく、我関せずと、対岸の街あかり、その先のシルエットの比叡山を見る。

京都でいちばん怖い狛犬

京都の若い人は金がないからではなく、或いはそうかもしれないが、この土手に座って語り合う。それは閉鎖的な店などよりも、夜の星空、目の前を流れる清流の音が自分の気持ちを素直にさせ、言葉も正直になるからだろう。外国人カップルもいるのはセーヌ川のほとりの如きか。

京都でいちばん好きなのは今の季節のここかなあと夜空を仰ぎ、やがて立ち上がって居酒屋に向かった。

資生堂の美学を訪ねて

新幹線こだまの止まる掛川（かけがわ）に、資生堂の所蔵美術品を展示するアートハウスと、歴代の商品や宣伝制作物を保存展示する企業資料館が並び建つ。ともに金属銀色のモダンな建物は、アートハウスはS字の円曲線、企業資料館は三角の鋭角と対照的に、広々した緑の敷地の大樹に輝いて美しい。アートハウスは高宮真介・谷口吉生（よしお）の設計で昭和五十四（一九七九）年度の日本建築学会賞を受けている。

私は二十三歳から二十年、デザイナーとして資生堂に勤めた。企業資料館の特別展示「資生堂のデザイン―新しい価値づくりへの挑戦―」の告知ポスターに私の作品が使われているのを知り訪ねた。

展示説明〈明治五（一八七二）年、日本初の洋風調剤薬局として創業した資生堂は、初代社長福原信三の創設した意匠部により、アールヌーヴォー、アールデコを基調にした繊細優雅な「資生堂スタイル」を作った。一九六〇年代以降、時代の変化を背景として、伝統的な「資生堂スタイル」を超える「反資生堂スタイル」が現れ、新鮮な驚きとともに新しい価値づくりの幅を広げた〉。

この考察は一九九六年、当時の社長・福原義春が書いた論文「反資生堂スタイルの力学」が出発点だ。前文〈〝資生堂らしさ〟とそれを打ち壊し乗り越えようとする〝反資生堂スタイル〟の作用・反作用の力学が、資生堂の企業文化の源泉といっていいのかもしれない（要旨）〉に続け、明治～現代まで四十七作品で例証。私の雑誌広告も反資生堂の例として〈これはこれで歴史に残る作品であると私は評価している。ここまでくると、もはやトップマネージメントは呆(あき)れてものが言えないということなのか、格段の反対はなかった〉と書いていただいている。

その写真は、クラシックな壁紙の洋室の床全面に発泡スチロールで起伏を作り、人工芝を張って造花を植え、青いネッカチーフの美女を横たわらせ、水着の筋肉男が肩車の女に目を塞がれて歩き、空中をニワトリが舞うというすさまじいもので、キャッチコピーは〈男よ、汝(なんじ)の近所に美女あり、青い鳥と同じさ。〉だった。

広い資料館の一部を仕切った特別展示には十八点が並ぶ。ポスターに使われた一

自作入りのポスターの前で記念写真

九七三年の作品は、灰色の室内にしゃがむ美女の上から男がパラシュートで降りてくる写真だ。解説文〈当時の資生堂の若きデザイナー太田和彦による雑誌広告です。太田は、カメラマン十文字美信、コピーライター小野田隆雄と共に、全く新しいスタイルの広告表現を試み成功させました〉がうれしい。

＊

企業内の自分の仕事が作品として保存されるとは何と有り難いことだろう。おおげさに言えば私の死後も残るのだ。没頭して制作した作品は命の次に大切と残してきたが、五年ほど前に半年かけて整理し、企業資料館からワゴン車で取りに来ていただき、寄贈を終えた時は心の底からほっとした。

それらのデータ化が終わって招かれ、制作の背景などを話した最後に、何をやろうとしていたのかと尋ねられた。

言葉を選び「上品なアヴァンギャルド」と答えた。気どった言葉だが、入社時の制作室長の「資生堂の宣伝制作物はすべて一級の芸術でなければならない、つねに時代の美意識を半歩先に表現せよ」という誇り高い言葉に鼓舞され、自分なりに苦心惨憺した美学がこれだった。

展示室とは別のバックヤードには大勢のスタッフの方が仕事している。最近手に入ったものですというポスターの数々に胸の高鳴りが抑えられなくなった。今は宣伝も変わって雑誌広告やポスターの紙媒体はほとんど作られなくなり、広告のグラフィックデザインは消滅状態だ。それゆえに紙に印刷された価値、美しさはなんと貴重なものか。当時を思いだし、また作りたいという気持ちが何十年ぶりにこんこんと湧いてくる自分にまだその気があるんだと驚く。

これは貴重ですと白手袋で見せたのは、昭和六（一九三一）年に発刊された八十ページほどの質素な冊子「資生堂略史」だ。その一節に脈々たる先人のマインドがあった。〈化粧品の目的は美の助長であります。（中略）そこで資生堂は化粧に際し、好ましい美的雰囲気を醸成する為に商品を藝術化する細心の注意を忘れなかったのでであります。斯くて瓶形、箱、レーベル一枚も深き藝術的良心の下に作製せられ其品質と共に使用者を惹附けずには置かない典雅優麗な資生堂化粧品が生まれたのです〉。

隣のアートハウス「ヴィンテージ香水瓶と現代のタピスリー」展もまことに楽しめた。

掛川を歩く

資生堂アートハウス訪問を終え、あまり知らなかった掛川を歩いてみよう。〈第71回全国茶品評会　深蒸し煎茶の部　掛川市　産地賞1位受賞〉幕のある北口から、小高い掛川城を目標に歩き始めた通りに、等身大裸婦像が点々と立つ。右手を左の肩にまわす「仰」、左手は後頭、右手は高く差し伸ばす「暁光」、短いシャツの裾をつまむ「陽春」。どれも清らかに成熟した女性で、三体とも藤枝(ふじえだ)出身の彫刻家・松田裕康(ひろやす)の作だ。

通りに続くクスノキ、ハンノキ、シラガシなどの新緑樹の下は街灯が立ち、木のベンチが置かれて、人に優しい町を感じる。植わるアジサイは間もなく青紫の花を咲かせるだろう。

エレガントな掛川城

少ない人通りは城下町の静けさがある。連雀西を過ぎて石垣に架かる緑橋はるか下の逆川は、一面に黄色い花が満開だ。

「四足門」をくぐって見上げた掛川城は、天正十八（一五九〇）年、秀吉配下の山内一豊が改修、貴族的な東海の名城と言われた。白漆喰塗り籠めの小ぶりな三層四階は、柔らかな軒唐破風が吊鐘形の火燈窓を抱き、その上の天守閣は細く高く鶴のようだ。複雑な登城路は次第に細く、石段は高くなり入城口へ。明治の廃城後、平成六年の復元に用いた高価な吉野杉の城内は、どこかまだ白木感が残って清々しい。

石落としや狭間など防御仕掛けはあるものの、戦闘よりも儀式・公式対面などが主の城郭御殿様式で、最上階は十五畳ほどと狭く、格天井四方の窓には唐紙の襖がはまって居心地を平安にする。

展示される、素朴な竹竿の丸に三つ葉柏の幟旗は、ＮＨＫ大河ドラマ『功名が辻』で〝内助の功〟で名高い妻・千代が、出陣する夫・山内一豊に作って背に差したもので、演じた仲間由紀恵さんの手縫いとある。ファンの私はそっと触らせていただいた。

*

城の下の、大きな瓦葺きに洋風玄関の建物「大日本報徳社」は二階にアーチ洋窓が並んで精神性を感じる。立派な石門の右は「道徳門」、左は「経済門」と彫られる。門は道徳と経済の並立を表し、正面大講堂は明治三十六（一九〇三）年築の、最古の現存の公会堂で国指定重要文化財だ。中は見学自由で、畳敷きに天井はシャンデリア、二階窓に沿って手摺り付きバルコニーが一周する和洋混淆。正面に「報徳訓」額と二宮金次郎の像が立つ。

二宮尊徳の報徳訓に基づく運動は各地の困窮の村々を救う実学的な手法として普及し、特に静岡県は尊徳に直接教えを受けた岡田佐平治・良一郎父子が掛川を中心に広め、明治三十年代には四百二十の「報徳社」が生まれた。

その教えとは「至誠」「勤労」「分度（力量をわきまえる）」「推譲（蓄えたものを世のため人のために使う）」。人間の欲を認めながらも周りと調和させ、心もお金も同時に豊かに育む倫理思想は、農村救済を超えて明治経済人に浸透し、今も脈々と息づく。駅南口の二宮金次郎像はおなじみの薪を背負うポーズながら人物彫刻としてたいへん立派だったが理由がわかった。制作はやはり松田裕康だった。

掛川の小中学校にある計二十四の金次郎像の写真が並び、〈〇月〇日　一七七一回　大日本報徳社常会　講師〇〇〉の掲示は今なお啓蒙運動が続くことをみせる。

掛川はこういう町だった。

そこから近い「掛川市ステンドグラス美術館」は三角屋根、白壁に筋交い材の英国ハーフティンバー風。小玄関を入るとすぐ展示室で、壁に並ぶ天地二メートル余の縦長窓ステンドグラスに、足が動かなくなった。

無地の色ガラスを黒縁でつないだだけとは全く違い、黒縁の不定形ピースの中は精密華麗な筆致で「受胎告知」「祝福の天使」「聖女マグダラのマリア」など聖書題材場面の表情や衣裳が描かれ、透過光の鮮やかな発色はまことに格調高い。〈いずれも19世紀イギリスを代表するステンドグラス工房の最盛期に制作された極めて高度なものでガラスの質が高く、優れた絵師、焼成など多くの工程をへた、まさに光と色彩の芸術品〉の説明に深くうなずく。

ベートーヴェン「田園交響曲」が静かに流れるなか、じっくり見てゆくのは至福だ。そしてこれを明るく見えさせるのはすべて太陽の光と気づき、であれば日没とともに闇に帰すのがいっそう宗教的神秘感を抱かせる。受付女性によると、今日のような薄晴れがいちばん色合いが良いそうで、それはイギリスの光かもしれない。

掛川市内のある医師が、ヨーロッパの教会で魅了されて始めた収集の寄贈により開館されたという。その意図〈掛川市民の文化・芸術の振興に役立つことを願って〉は、まさに〈報徳〉と思われた。

緑を全身に浴びて

一年でいちばんよい季節、緑を浴びに白金(しろかね)自然教育園に行った。正式には「国立科学博物館附属自然教育園」。園のおいたちが書かれる。
〈古代：縄文中期この地に人が住みつく　室町時代：豪族白金長者が館(やかた)をかまえたといわれる　江戸時代：高松藩主松平讃岐守頼重(まつだいらさぬきのかみよりしげ)の下屋敷　明治時代：海軍省・陸軍省の火薬庫　大正時代：宮内省の白金御料地　昭和24年：国の天然記念物及び史跡に指定、一般に公開〉。変遷はあるものの森や湿地、池などの広大な生態系がそのまま東京の中心に残っている。

女性雑誌に〈ハイセンスなシロガネーゼの街〉などと書かれる目黒(めぐろ)通りが入園口。六十五歳以上無料が有り難い。まだ朝の空気感が残る午前九時半。ゆっくり歩き始めた。頭上はるか高く重なる樹林に昼なお暗いが、それでも初夏の陽射（ひざ）しは、葉叢（はむら）を透かした木漏れ日となって降り注ぐ。

歩路以外は手の入らない自然の生物相は、茶色落葉に顔を出す若草、細枝の灌木（かんぼく）、すらりとした喬木（きょうぼく）、堂々たる巨木、そのすべてが若々しい緑葉を輝かせ、思わず深呼吸を繰り返す。歌舞伎役者の見得のように太い幹を何本も雄大に曲げて伸ばす、名づけて「物語の松」は江戸時代・松平讃岐守の下屋敷の面影を伝えるとある。

一本道は、やや曲がりながら彼方（かなた）まで続き、この方がいいなと履き替えてきた黄色のビーチサンダルから裸足（はだし）の裏に感じる土の道の心地よさ。自然だけの世界に気持ちがどんどん澄んでくる。

そうして耳に気づいたのは野鳥の鳴き声だ。カーアカーアはカラスとわかるが、カタカタカタ、ピューイピューイ、ギギギ、エートーパーパー、エートーパーパー。明らかにみな言語がちがい人語のオノマトペ（擬音語）は不可能。カラスはコントラバス、カタカタカタは打楽器、ピューイピューイはバイオリン、エートーパーパーは歌曲独唱の自然の交響楽だ。

*

やがて道は左右に分かれる。自然教育園は私の仕事場から近く、よく来て、ここは右に道をとり、ひょうたん池を回って再び戻るのがいつものコースだ。

その池は、木立の中の大きな水たまりに落葉や枯れ枝が浮き集まり、水面もどんよりし、その「放置」を眺め味わう。日本各地の整備された名庭園をいくつも見たが、今はこれがいい。

木の渡り橋がかかる「水生植物園」に名残のあやめが紫、黄を添える。その岸から見る湿地は広大に奥深く、遥か彼方に広尾（ひろお）あたりの高層ビルの頭だけがちらりと見え、ここは都心と気づかせる。外は首都高速が巡り走るはずだが、音は森に吸収されてか全く聞こえず、都会にあって「無音」とはなんと贅沢（ぜいたく）なことか。

午前中に歩くのは私のような中高年男女が多く、カメラを構えて構図を作り、立ち止まって双眼鏡でバードウオッチだ。

さらに二手に分かれた右の、その名も「森の小道」はいっそう細い起伏となり霊気がただよう。沼のほとりに降りて見上げると、おお、沼の先の高い梢の緑に白蝶の大群が乱舞また乱舞。その夢幻境に声を失い見ていると、群れは大木の葉叢に一斉にもぐり込んで姿を消し、しばらくしてまたどっと出てくる。舞い方は蝶のひらりひらりではなく、ちょこちょことせわしない。入園口でもらった「自然教育園見ごろ情報　5月10日号」に、これは「キアシドクガ」という蛾（が）でこの時季に大発生するが無毒とある。蛾でもいい。人の知らない自然の大いなる営みにしばし心うばわれた。

ここまで足を延ばす人は少なく、一人行く小道の上り下りがうれしい。囲む樹林は、しなやかな若木も、たくましさの出た喬木も、樹齢を重ねた巨木もある。横たわって朽ち始めた倒木に自分の心を寄せたくなるのは年齢ゆえだろう。こうして倒れ朽ちて自然に帰ればいいのだ。

たどりついた「武蔵野植物園」には様々な名札が。ひとりしずか、ふたりしずか、ぬすびとはぎ、うらしまそう、いかりそう、まつかぜそう、つりがねにんじん、やまほととぎすなどに、漢字は一人静、二人静、盗人萩、浦島草、碇草、松風草、釣鐘人参、山不如帰と書くのだろうと想像する。日本の草木名のなんと文学的なことか。さねかずら「小寝葛」の別名は「美男葛」で、子供の頃覚えた百人一首〈名にしおはば逢坂山のさねかづら人に知られで来るよしもがな〉の歌意を知った。

一周を終えて元の分かれ地点に戻った。ここからは帰り道だ。

強さを増した初夏の陽射しに、身も心もすっかり軽くなっている。自然が生命力を吹きこんでくれた。これでこの一年もやってゆけるだろうと仕事場に戻った。

深い湿地の奥にわずかに高層ビルがのぞく

神戸三宮飲み歩き

大阪で発行する日本一のタウン情報誌「ミーツ・リージョナル」の創刊編集長で『街場の大阪論』『有次(ありつぐ)と庖丁(ほうちょう)』などの著者・江弘毅(こうひろき)さんの新著『いっとかなあかん神戸』〝モダンでハイカラだけじゃない！　ミナト神戸の店と街　厳選58話〟に刺激され、これはいっとかなあかんとやってきた。ＪＲの駅は西へ三ノ宮(さんのみや)、元町(もとまち)、神戸と続く。今回はあまり知らない三宮(さんのみや)を、本を頼りに歩いてみよう。

駅に沿うセンタービル地下の居酒屋「まめだ」は創業昭和二年。四十年以上のカウンター、茶の着物の主人は年季を重ねた落ち着き。名物はおでん。湯気を上げる立派なアカ（銅）の艚(ふね)、内側はおそらく錫(すず)だろうと中腰でのぞいた。

「筍(たけのこ)と焼豆腐、それと生ビール」

おでんはコクがある。あまり他所(よそ)にはないおでん種〈シューマイ〉、大きな鶏の手羽元〈かしわ〉がおいしく、おつゆのコクは、神戸が中華の町ゆえなのかもしれない。神戸ならば明石(あかし)タコ。その生を煮る〈たこ〉は本日入荷がないそうで残念だ。

アカの燗(かん)つけ器に浸ける錫ちろりは厚手の最上等。錫の受け皿にのるずしりと重い錫コップは、今はない大阪「錫半」製で、厚い底の内側は空洞になっていると主人が言う。酒の温度を保つ工夫をそこまでやるかと感嘆する。

ツイー……。

その比類なき柔らかさ。

おしゃれな元町とちがい三宮は実質的な地元人の町と感じていたが、その「現地感」がしびれるようだ。客が持って来る沢山の狸(たぬき)置物は本来の店名「豆狸」ゆえだが、いつからか「まめだ」で通じるようになり今は看板もそうしたと笑う。略称で呼ばれるのは地元で愛されている証拠だ。

暖簾を分けたおばさんが「フキ、おすそ分け」と渡して行った。向かいのカレー屋さんで、畑で作るフキを毎年持ってきてくれるとか。いいなあ、店同士の近所つきあい。明日のおでんはフキが入るかもしれない。

お勘定しながら「江さんの本を見て来ました」と言うと「ああ、江さん、昨日来やはりましたで」と。お会いしたかったな。

＊

次は三宮北の焼鳥「八栄亭（やえてい）」。六時開店に、ヒマ人風や仕事帰り、カップルなどが続々やってくる。彼女を連れてこられる焼鳥屋はいい店だ。ついてくる彼女もいい。八本セットは一串が小さく食べやすくこれも女性人気か。ピカイチ砂肝はアゲインだな。地元では常連を真似（まね）するのがコツ。皆さん注文の〈わさび和え〉は、湯通しした鶏肉を山葵（わさび）と和え、ちぎり海苔（のり）をまぶした簡単な品だがうまいのなんの。本の紹介文〈素っ気なき至高の味はここ三宮に残る〉は、そこが飾り気ない普通のカウンター焼鳥屋である誇りがある。

次はバー。名のみ聞いて憧れていた「ローハイド」は商業ビル地下通路突き当たりと、雰囲気のない立地だが入って驚いた。

店はかなり広く、ロングカウンター正面の棚は天井まで瓶がぎっしり並び、フロアにいくつも置かれた丸テーブルを木の椅子が無造作に囲み、雰囲気はまさに西部劇のサルーンバー。ここでポーカーがぴたりだ。神戸のバーはホワイトジャケットの正統派から、古い船員バー、個性派などいろいろだが、これだけアメリカンに開放的な店は初めてだ。中に立つ若めの二人も気負わないシャツ姿で「いらっしゃい、

バー「ローハイド」のロングカウンター

何にします」といったってフランク。これは気持ちのいいバーだな。

　カウンター突き当たりに飾るレコードジャケットはスタン・ゲッツ、エラ・フィッツジェラルド、ジョン・デンバー、エルヴィス、イーグルス、CCR、サム・クックなど、ジャズ、ロック、カントリーとオールアメリカンミュージック。これはジントニックなんか飲んでる場合ではないな。

「バーボン、オールドクロウ、ダブル」「はい。何かレコードかけましょうか」「じゃあああれ、フランキー・レイン」。にやりと笑ってやや音量を上げた、アメリカそのもの男っぽいレインは西部劇主題歌が十八番。「ライダース・イン・ザ・スカイ」に続く、テレビ西部劇「ローハイド」の「♫ローリン、ローリン、ローリン」の出だしが懐かしい。店名「ローハイド」は馬にまたがる時の皮のズボン当てのことだ。東京にはないが横須賀にはある典型的なアメリカンバーに神戸でも通うとしよう。

　翌日これも出会いと訪ねた「まめだ」向かいのカレー「SAVOY」は、昼時に行列でOL一人もいる。メニューは〈カレー650円・玉子50円〉のみ。ほの黄色のサフランライスにルーをかけた「カレーはこれでいい」型で、そのヒリ辛味は癖になること間違いなし。これでおいらも三宮通。江さんありがとうございました。

ジャズの街、神戸

三年前、神戸のジャズバー「ヘンリー」で、当時七十七歳の現役女性ジャズシンガー石井順子さんの歌を聴き、その若々しい歌声と明るい雰囲気に魅せられて本誌の連載に書き、石井さんからお礼のメールをいただいた。その文も載る小著新刊『おいしい旅』を版元が一冊送ると、なんと大量のご注文をいただいたと担当編集者から喜びの電話が私にあり、これはお礼を申し上げねばとやって来た。「ヘンリー」は石井さんご自身の店だ。

「こんばんは」

「あら！　太田さん」

雑誌掲載時にいろんな人から読んだよと電話や知らせがあって、とお話が止まらず、肝心の「このたびは私の本をたくさん……」を言うタイミングがない。ま、慌てずと腰を下ろしハイボールを。

「あの時は文を書かれる方とは知らずジャズがお好きなんだなと」

はい、ただのジャズ好きです。それからいろいろなお話を聞いた。

開いた古い写真アルバムの「ヘンリー創業30周年記念の集い」は、神戸に開業したばかりのホテルオークラの一番大きな「平安の間」のお披露目で、それならとレッドカーペットの初歩きを平安の間の支配人に譲り、三百四十人の客の大拍手に支配人氏は感激の面持ちだったそうだ。祝辞を申し出た政治家や財界人はすべて断り、ある詩人ただ一人にしたセンスもしゃれている。ジャズ好きはやることが粋だ。主役石井さんは肩出しのドレスで臨み、フルバンドをバックに歌い始めると次々に紳士淑女のカップルが踊り始め、最後は大ダンスパーティーになったという。さすが神戸。

さらに50周年、その時七十歳の石井さんは「振袖」で登場、満場の喝采を浴びた。その写真に「度胸あるでしょ」と笑う顔がいい。

今も正月とゴールデンウイークは神戸の名門ジャズクラブ「ソネ」で歌う。そのバック演奏を務める御三方、大塚善章（ぜんしょう）（p）、宮本直介（b）、鍋島直昶（なおてる）（v・ib）

すてきな石井さんとツーショット

の「ゴールデン・シニア・トリオ」の年齢は、順に八十一、七十九、八十九、平均八十三歳。二〇一五年に世界最高齢ジャズミュージシャンとしてギネスブックに認定された。ちなみに現役である証明に出演領収書が必要とされたが「何枚でもあった」とか。

　さて、世界最高齢現役女性ジャズシンガーを申請すれば認定間違いなしの歌声を聴きたいが、今は歌うのは毎週金曜だけとのことで今日はお休みで残念。この秋に、八十歳・60周年を行う。「必ず来ます」と手を握り「来てね」と熱く握り返していただいた。

*

　足は自然に北野坂のジャズクラブ「ソネ」に。煉瓦の段を数歩上がってドアを開けると「ナイト&デイ」の演奏が聞こえる。クロークの右は足音を消す絨毯敷きの広いフロアで、奥はライトを浴びてピアノトリオが熱演中だ。

　囲む丸テーブルはジャズうるさ方らしきや二人組、少し離れて友人同士らしい四、五人、奥の壁際テーブルは演奏よりも酒の数人。私は適当な席をとりジントニックを注文。曲は「マック・ザ・ナイフ」に変わり、ピアノの熱演高まると、ベースが「来たぞ来たぞ」と応え、ドラムも勢いづく。

やっぱりいいなあ。同じ曲でもその日の調子で情熱的に、或いは内省的に音楽を作ってゆく醍醐味はジャズだけのもの。ゆえにその演奏は一期一会しかない。昔は来日一流奏者のステージを拝聴したが、今は誰が出ているかに関係なくライブにふらりと入り、グラス片手が一番だ。本日は高岡正人（p）、神田芳郎（b）、齋藤洋平（d）。そこに白黒ドレスの襟と袖口にレースをあしらった女性ボーカル・三田裕子が加わって華やかに。快調に二曲の後しっとりと「センチメンタルジャーニー」をワンコーラス終えると、ピアノがここぞとわが歌を歌い始める妙味よ。

大人のクラブは奏者もネクタイにスーツ。今来た仕事を終えたらしい会社員風が鞄（かばん）を置き、やれやれとばかりに上着を脱いだ白ワイシャツがいい。ネクタイをゆるめキープボトルから一杯注（つ）いで口にすると、さあと演奏に集中してゆく。客は若いカップルもいるが多くは中高年夫婦で、年齢を経て夫婦でジャズを聴きに来るとはしゃれている。女性三人組の上品な白髪老婦人がグラスを手にかるくリズムをとるのが慣れている。

私も二杯目のハイボール。離れて座る若い欧米人と目が合い、かるくグラスを上げると彼も応える。曲が「モーニン」になると口髭の知的なベースはがぜん張り切り、ドラムはシャープにインテンポとオフで刺激する。最後はスタンダードナンバー「帰ってくれたら嬉しいわ」。それは「神戸に帰ってくれて嬉しいわ」と聞こえたのでした。

舞子の浜と孫文

神戸の西は〝須磨（すま）から明石は松原づたい〟といわれ、浮世絵も残る白砂青松の地だったが、今は舞子（まいこ）公園に面影を残す。

海に向けて高々とそびえるのは本州四国連絡橋の本州第一橋、世界一の大橋「明石海峡大橋」だ。その近代美と対照的に足下に建つ尖塔（せんとう）をのせた八角形三階建ての洋館「孫文（そんぶん）記念館（移情閣（いじょうかく））」は、紺碧（こんぺき）の海を背に浅葱（あさぎ）色が美しく、三角破風の玄関脇に今出てきたように孫文の像が立つ。

一八六六年、中国広東省に生まれた孫文（～一九二五）は、腐敗した国の体制を根本から改造する清（しん）国打倒革命に踏みだし、広州での武装蜂起に失敗すると日本を本部に活動。在日華僑（かきょう）や日本人指導層の支持のもと、一九一一年、辛亥（しんがい）革命により清朝を倒し翌年、中華民国を創立したが、その後の袁世凱（えんせいがい）打倒の第二革命に失敗して日本に亡命を求める。頭山満（とうやまみつる）、犬養毅（いぬかいつよし）らの協力で、松方幸次郎とともに暗夜ひそかに川崎造船所から上陸する秘話がスリリングだ。

一九一三年、来日した孫文に神戸の政財界人や華僑は歓迎会を開き、いつでも神戸に来てくださいと移情閣を建てた。離日の新聞記事「月清き夜　孫文別離の宴」は当時の知事が贈った歌〈つまれても猶（なお）もえいづる春の野の若菜ややがて花ぞ咲くらん〉を紹介し「乎今（ああ）何處にこの國風を誦すらん」と結ぶ。

日本を第二の故郷とまで言った孫文の、一九二四年神戸で開かれた日本最後となった講演会は、日本はアジアにおける立場の重要性を自覚し、欧米列強のような侵略的覇道ではなく、アジアの諸国と協力して新しい平和な世界を創るよう「大アジア主義」を呼びかけ大きな感銘を生んだ。

戦後、移情閣は神戸中華青年会に委ねられ、県知事、神戸市長列席で記念碑「天下為公（てんかいこう）」を建てる。明石海峡大橋建設にともない移転解体修理、当地に落ち着いた。今も神戸は孫文敬慕が続き、現在一一六号を数える「移情閣だより」は講演やシンポジウム、孫文記念館学術賞などが続いている。

移情閣の八角形の部屋八隅の柱は天井で集まり、鳳凰（ほうおう）や龍が彫られてシャンデリアが下がる。壁紙は修理解体で発見された金唐紙が再現されて輝き、暖炉周りは花柄タイルと、西洋と中国の混淆が独特だ。一角に孫文の大きな頭像が威厳をみせ業績が展示される。

私に孫文の名を教えたのは亡き父だ。戦前、中国の日本人学校で教えていた父は、敗戦後収容された北京の日本人収容所で「三民主義研究会」を作り、師事した北京大学の先生に、収容所で生まれた私の命名を頼んだ。先生は兄の名（行彦）、母の名（和子）を聞き、「和彦」と名づけた。日本に引き揚げてからも藤沢に住むその方と連絡はとっていたという。父は最初赴任した満州の日本軍国主義に嫌気がさして中国に移り、日本と中国の懸け橋たらんとしていたのだった。ここにある孫文の肖像写真を、父も見ていたかもしれない。

＊

そこから近い海べりに建つ、明治四十（一九〇七）年築の木造洋館は、三井銀行を経て鐘紡を日本有数の企業に育て衆議院議員も務めた「旧武藤山治邸」で、コロニアル様式二階に張り出した丸いバルコニーが優雅だ。緑大理石の暖炉上や階段踊り場の油絵も相当良く、二階奥の書斎は壁一面に洋書で、美術収集や読書家の人物を見せる。広い客間は戸を開くとダンスをしながら庭に出て行けた。今もいろいろなサロンコンサートが行われ、たくさんのチラシがあった。

少し離れた「旧木下家住宅」は、日本家屋としては近代の昭和十六年築の数寄屋風で、床の間の亀甲網代天井、水回りのなぐり加工面格子、幅広網代織に丸竹押し縁の茶室天井、源氏香を抜いた欄間、縁側の庇を室内まで伸ばした駆け込み天井など、江戸明治期とはちがう、桐と竹を多用した軽快モダンな和意匠が愉しめる。

舞子公園に保存される明治・大正・昭和の建物は洋風、中国風、和風といずれも関西実業人の文化的余裕が見えた。

神戸にもどり東門街上のなじみの居酒屋「すぎなか」へ。

「こんちは」「いらっしゃい」

電話していたので驚かれない。酒は、おお、新潟「加茂錦」、弱冠二十五歳の杜氏が荷札をそのまま貼り付けたラベルで評判の通称「荷札酒」がある。肴は何にするかな。ホタルイカは大好物と言うと、なら是非と奨められた〈生ホタルイカの焙り〉は今が最高旬の丸々太った生をワタが溶ける程度に焙った微かな焦げ風味で、うまいのなんの。頭を剃った大将の「でしょう」と笑う顔がいい。彼は近くの「哲粋」で修業していた頃から知っており、ここで独立してはや十年になったそうだ。

そうかオレも十年以上神戸通いしてるんだと、盃を重ねたのでした。

舞子公園の孫文記念館

明石、日本一の立ち飲み

翌日また明石に出かけた。目的は居酒屋「立呑み田中」。ここに惚れて東京から六回も通ったという井川直子さんの雑誌『dancyu』の熱のこもった文を七年前に読んだ時から、いつか必ずと念願していた。それを果たそう。

明石駅を海側に出た先に「うおんたな」と読む「魚の棚」商店街がある。明石海峡は大阪湾、播磨灘、淡路島に囲まれ、魚は速い潮流に身が引き締まり脂乗りよく、産卵地「鹿の瀬」漁場にはそれを餌にする魚も寄ってくる。地元で「まえもの」と呼ぶタイ、タコ、アナゴ、イカナゴをはじめとする「昼網」は即、どんなに小さくても生きてセリにかけられ、さらに一晩真っ暗な水槽で「活け越し」してストレスを消し、食べる時間に合わせて活け締め、血抜き、神経抜きして出荷。透明感ある身や味わいを保つという。

アーケードのかかる広い通りの左右は鮮魚店がずらり。夕方の今は鮮魚は終わり、舟盛り刺身や焼き一本穴子、煮蛸(にだこ)に「さあ、もう終わりだよ、もってけ〜」と威勢よい声が飛ぶ。品の良さは一目でわかり値段も格安。思わず立ち止まると「兄さん穴子で一杯どう?」と声が。うーん、ぜひともそうしたいが東京に戻るのはまだ先。クール便なら送れるかな。「帰りに寄るよ」「帰り? もう閉めてるよ」。ナニ言ってんだと一蹴される。

じつにマッタク後ろ髪を引かれて探すのはたなか酒店、その奥が同店経営の「立ち呑み処(どころ)田中」だ。

開店五時の三十分前に人が集まり始め、私のように噂(うわさ)を聞いて来たらしいのが、看板はないから「ここの奥だよな」とのぞく。

隣の魚店「座古(ざこ)海産」の〈ちりめんじゃこ〉がうまそうだ。これなら東京まで持って帰れると買うと、お味見と手にのせたのはまだ糸のように細く小さい〈イカナゴ〉のじゃこで、これはうまい!

イカナゴの稚魚は、関東ではコウナゴ(小女子)、成長したものは北海道ではオオナゴ(大女子)、東北ではメロウド(女郎人)、瀬戸内や三重ではカマスゴと呼び、一〇センチくらいまでを成長に応じて楽しむ。

イカナゴを最も珍重するのは兵庫だ。三センチほどになると素人（しろうと）が市場で大量に買い、家庭で「くぎ煮」に作って親戚などに配る。新幹線神戸駅では臨時売店が出る。その、今はまだ極小のイカナゴじゃこも買い、よし土産（みやげ）ＯＫ。

＊

時間となりぞろぞろと入店開始。酒店奥の倉庫のような一室に立ち飲みカウンターは十三席ほどか。私はこういう時の現場判断が素早く、新参者といえども入口あたりに立ち止まらず、ためらいなく進んでＬ字の向こう角を確保。ここに店の人が立つのを見抜いた。さらに注文を先んじるのが大切。

「酒、『来楽（らいらく）』のお燗、煮穴子とタコ頭、あと水」

どうですこの注文、私が真っ先で店を始動させた気持ちだ。もちろん一番に届き、周りを尻目にひと足はやくツイー……。

しばし注文競争でカウンター列の後ろから大声も飛ぶが、店の女性は沈着に復唱確認、待ち並んで殺気立つ客を余裕でさばいてゆく。追加は番号で言ってくださいと札を渡し、私は六番だ。

カウンター大皿の〈一本煮穴子〉は柔らかな身にまわしたたれが絶佳。あえて頭

活気あふれる「立呑み田中」

を選んだタコはさすがに明石「まえもの」。たなか酒店オリジナルの特別純米地酒「来楽」は食べ物に合わす酒として最高だ。

「六番注文」と言って追加した〈ハリイカのアヒージョ〉はオイルが過ぎず大椎茸と葱がいっぱい。緑の〈おひたし〉はルッコラで散らした桜海老がうれしい。湯気を上げるグラタンにオレも私もと声が飛ぶ。他の人の皿を見ても追求された料理ばかりで、店特製のイカナゴ調味料「あかしの魚笑」を使った手書き「たなか屋魚笑レシピ集」が持ち帰り自由に置かれ研究熱心をうかがわせる。

超満員の客は会社帰りの男女、常連風ジャンパー親父、机代わりのウイスキー樽を囲んで立ち飲みする女性四人が楽しそうだ。私の隣に一人で来ている黒スーツの女性は明石出張が多く、仕事を終えると必ずここに寄り、某店で穴子弁当を買って新幹線で帰京するのが決まりとか。娘からおばさんまでこれほど幅広い年齢の女性が来る立ち飲みは見たことがない。

昭和六年創業のたなか酒店はコップ酒の角打ちはしていたが、二代目はもっとオープンな、皆でおいしい酒と魚を楽しみ、疲れた体を癒せる立ち飲みの構想を三代目の息子に話しつつも他界。全国の銘酒に没頭していた息子はそれを忘れず没十五年後の平成十六年、父の言葉〈皆が美味しい酒と魚で疲れを休め、笑える処〉を店に掲げて開店した。

中で働く女性五人のきびきびした「気づき」の安心感が店に満ち、スマホを見る人がいないのは、そんなことよりここの雰囲気を味わう方が良いからだ。開店一時間、入口の待ち客を見た常連が「オレ出るから」と席を譲って交替する。酒、料理、接客、惚れて通う常連のマナー、いずれもすばらしく、兵庫明石に「日本一の立ち飲み」があった。

初夏の銀座逍遥

夏だ、ビールだ、ライオンだ。銀座七丁目の「ライオン」こそ日本一のビアホール。重厚なアーチが鋭角的に連なる天井。大地を表す赤煉瓦の壁を、大麦色の緑タイルの柱が仕切る間には、各種の花々がモザイクで描かれ、トンボや黄金虫など異なる昆虫が必ず一匹シンボル的にいるのが心憎い遊び心。タイル張りの床の直線構成もみごとに昭和九（一九三四）年開業当時のままを伝える。

圧巻は大麦を収穫する女性たちを描いた、縦二・七五、横五・七五メートルの正面大壁画。変色しないガラスモザイクは今も鮮やかに光り輝く。設計・菅原栄蔵の雄大な構想、何年も費やした念入りな美術仕上げは今では到底できないだろう。その大空間にチロル風衣裳の女性が大ジョッキをいくつも持って往復する。

「銀座ライオン」にて

ゴクゴクゴク……プハー。

喉も裂けよと流し込む生ビール、口に残る泡をぐいと拭う爽快感、マッタクたまりまへんなー。

まだ明るい夏の四時半。客は七分の入りで、ワイシャツの高年男三人、いつもの席らしきに一人の上着老紳士。銀座のお買い物をすませた中年婦人四人が丸テーブルを囲んで全員大ジョッキは立派だ。フロアにぎっしりの頑丈な木製丸テーブルと椅子に、老いも若きも、男も女も、裕福もペーぺーも誰でも隣り合ってジョッキを傾けるのがビアホールだ。

ビールにベストは〈鶏唐揚げ〉、その硬めの衣をがりごりやっていると、五時焼き上がりの〈ローストビーフ〉を、高い白帽のシェフが特設テーブルで切り始め、注文しておいた私にも早速一皿が。

ずいぶん昔、資生堂勤務時代に一人で来て、相席の紳士がこれを注文し「醤油(しょうゆ)で」と言うのに気づいた私に「いや、これがよくてね」と照れ臭そうに笑ったことがあり、以降私もその派になったが、今はデミグラスソースか和風か訊いてくれるようになった。その一切れをカプリ、うまいのう。

数年昔、名画座・神保町シアターで私のセレクトによる「映画と酒場と男と女」

という特集をした時に、その頃発見されたマキノ正博監督の『泡立つ青春』を特別上映した。大日本麦酒が昭和九年開業したばかりのライオンで撮影した五十一分のPR映画で、ジョッキ片手にテーブルに乗って歌う、マキノらしいミュージカル的演出が楽しかった。

＊

外に出てもまだ明るく、仕事を終えたサラリーマングループがどんどん入ってゆく。こちらはすでにほろ酔いで、銀座通りを一丁目方向へぶらり。

銀座はやはり初夏がいい。そよ風に揺れる緑の柳に夕闇が迫ると、白衣板前や着物のホステスさんが小走りし、路上では氷屋が大きいのをシャシャッと切ってアラヨッと配達。風鈴や鈴虫の天秤（てんびん）売りが流し、夏場所を終えた力士が浴衣（ゆかた）に草履でちゃらちゃら歩く。そんな光景をずっと見てきた。しかし今は路上に座り大きなトランクを開ける中国人旅行客がたむろする。やめてくれよ。

入ったのは並木通り二丁目路地奥「三州屋（さんしゅうや）」。おお、いっぱいで相席大机の隅に。ここは高級店ばかりの銀座に願ってもない良心的大衆居酒屋。ずらりと並ぶ昼定食からアジフライ好きになったのもここゆえか。ビールは飲んできたし、燗酒で時季のこれにしよう。

「カツオ刺し」

「はい、今日のはいいわよ」

昼からの通し営業でお運びのおばさんは五時交代。その気さくなお愛想がうれしい。

ツイー……。

カツオはお言葉通り超新鮮が大盛り。早い時間からのおじさん連はぼちぼちお帰りで、今は仕事を終えた男女カップルだ。こういうところに来るカップルは健全だな。

もう一軒（まだ帰りません）と歩き始めた夕闇の並木通りは銀座の匂いがする。四丁目のバー「フォーシーズンズ」か、五丁目「銀座サンボア」かと歩くうち、七丁目資生堂本社の前に来てウインドーディスプレイをチェック。まあ夏らしいな。そうかと銀座通りへ進路をとり、資生堂パーラービル十一階「バーS」へ。

「こんばんは」

「いらっしゃいませ」

いつもの席で〈ミントジュレップ〉の注文に、バーテンダー三谷さんが得たりとにやり。初夏のケンタッキーダービーの名物カクテルがこれだ。

キュー……うまい。

これで帰ればよいのに、そうだ先日の帝国ホテルのサンボア百周年パーティーで締めの名挨拶をした「数寄屋橋サンボア」の彼に会ってゆかないと。

「こんばんは」

「いらっしゃいませ」

まあよく飲んだ銀座の一夜でしたとさ。

東京ベル・エポック

終わらないうちにと、たばこと塩の博物館「モボ・モガが見たトーキョー〜モノでたどる日本の生活・文化〜」展にかけつけた。興味は私の専門のグラフィックデザインだ。

〈1923（大正12）年の関東大震災で東京は壊滅的な被害を受けました。政府は震災直後から帝都復興院を立ち上げ、大規模な復興事業を行い、その結果「東京」は〝モボ・モガ〟こと、モダンボーイ・モダンガールが映えるモダン都市として再生しました。（略）明治維新以来、少しずつ浸透していた西洋的なライフスタイルは、急速に大衆化。各企業も舶来品のイメージが強かった商品を安く提供するとともに、「モダン」にこだわった広告デザインを展開していくようになりました〉

まず展示される「花王石鹸」の朱色パッケージ（一九三一）は見覚えがあり懐かしく、当時としては珍しいデザインコンペで、杉浦非水も入る八人から最年少の原弘が選ばれたとあり、へえと驚く。そのデザインは「明快で類似がなく・量産コスト（印刷費）が安く・飽きない」という近代商業デザインの基本そのものだ。日本のグラフィックデザイナー先駆者は杉浦非水、河野鷹思、原弘、亀倉雄策。私も所属していた東京アートディレクターズクラブには、おもに出版デザインを対象とした「原弘賞」があり、いつかはと狙っていたが非力でもらえなかった。

同じ型の丸時計をはめた精工舎の彩色硝子枠置時計三種（一九三〇）、ヒトミ、エヂプト、浮輪に目が釘付けになった。台部は塊の緑色ガラスを建築的に造形して透明と曇りを使い分け、彫刻を施したアールデコ。私は昔の大理石台などの装飾置時計が好きで、先年京都で立派な鸚鵡のブロンズのを二度逡巡して買い（高かった）時計は動かないのを大切に持っている。美麗カタログには他に葡萄、ヒマワリ、アルプス（特によい）、スズランもあり、これらをぜひ復刻してほしい。買います。

煙草「光」が懐かしい。亡父はこれを吸っていた。朱色地左下の朝の金色の太陽が、浮かぶ雲を逆光で立体的にさせ、右上部に散光する図柄はまさに「光」のデザイン化。杉浦非水やるなあ。

煙草は「Peace」に注目した。戦後間もない一九五一年、アメリカの高名なデザイナー、レイモンド・ローウィにアドバイスを受けた専売公社は新製品「Peace」のデザインを依頼。三カ月後に届いた九種は完成と寸分たがわぬ模型で驚かせた。その大切に保存された試作実物に目を凝らした。オリーブの枝をくわえた鳩をシンボルに、切った紙を貼ったらしきもある。そうして見ると採用された濃紺のものはやはり永遠性があり、間違いなく選んだなとわかる。このことは高額なデザイン料とともに大きな話題となり、発売すると爆発的に売れ、文化人などが「オレはピースしか吸わない」と格好をつけた。まだ子供だった私はデザインの力に憧れ、デザイナーへの夢をふくらませたのだった。

「絵葉書に描かれたモダンガール」の、断髪、ロングスカート、ファーなどのファッションが素敵だ。さらに「流行歌に唄われたモダン東京とモダンガール」の楽譜表紙の美人がいい。赤いカクテルを手にした洋装の「銀座セレナーデ」は、銀ぶら、松屋、電光ニュース、タクシーを歌いこみ、銀座街並みに立つモダン着物の「新東京行進曲」は〈昨日チャンバラ、今日エロレヴュー、モダン浅草ナンセンス、ジャズが渦巻くあの脚線美、投げるイットで日が暮れる〉と歌う。

ああ、良き時代、これぞ東京のベル・エポックだった。

「三定」の上天丼

*

せっかく来たから浅草で天丼と、雷門横の「三定（さんさだ）」へ。天丼、鰻丼は大好物で三〇〇〇円も辞さないと豪語する（誰に？）私だが、今日は〈上・一八二〇円〉。

〈三定の由来　天保八年、三河（みかわ）から上京した定吉は江戸湾で採れた小魚を串に刺し、胡麻油で揚げた天ぷらを江戸人形町で売り始めました。「三河の定吉」が「三定」屋号の由来です〉。現在七代目の老舗だ。浅草は外国人観光客に大人気で〈Have you tried tendon before?〉と英文説明もある。

天ぷら屋は油くさくない清潔が大切。清々しい格子に〈四万六千日　ほゝづき市浅草観音〉の絵入りビラが似合う。二階から降りてきた団体に黒の絽（ろ）に流水柄着物の若女将が英語で応対。一階は白ワイシャツの男、おばさん二人などご近所の遅い昼食だ。

「お待たせしました」

大海老の尻尾（しっぽ）をはみ出した丼の蓋をとると、ふわりと湯気が。

わしわしわし……。

浅草の外国人人気は、昔の東京があるからかもしれない。であればこれもベル・エポックの名残かと思ったのだった。

山と川のある町

高校時代に絵を描いていた仲間「アカシヤ会」の同窓会のため松本に来た。それは明後日、せっかくだから先乗りして松本の一番良い季節を味わおう。

ホテルに荷物を置いて町へ。

市内を貫流する女鳥羽川（めとばがわ）にかかる千歳橋（ちとせばし）は、見上げる両端の装飾ガス灯が立派だ。見下ろす川は町中の川にしては流れがはやく、さわさわと水音が聞こえ、浮かぶ水鳥は足漕（あしこ）ぎしないと流される。川岸は放ったらかしの青草が繁り、土手は大きな自然石を積むのが山国らしい。しかし川床に降りる要所の石段は、市民に川に親しむよう作られ、今も若い男が木陰で流れを見ている。

松本、盛岡、飛騨高山、京都。山と川のある町が好きだ。石坂洋次郎の小説『山と川のある町』は一九五六年、朝日新聞に連載された。憶えているのは十歳当時家で購読していたからだろう。私の父は学校教師で県内僻地を転任し、実家松本は盆正月、夏休みの帰省くらいだったが、山村暮らしの子供に松本は都会で、それゆえ山と川のある町なら松本もそうだと思ったのか。

この原作は同題で、監督：丸山誠治、出演：宝田明・小泉博・雪村いづみ・津島恵子・志村喬により映画化され後年に観た。舞台は秋田の田舎町。高校教師の宝田、小泉は下宿先や女生徒に人気で、さまざまな出来事がおきる。ピチピチした女学生を演じた雪村はこのとき二十歳。宝田明の近著『銀幕に愛をこめて　ぼくはゴジラの同期生』によると、宝田との初めてのキスシーンではぶるぶる震えていたそうだ。

橋から見る上流彼方は子供のとき父と登った美ケ原高原の王ケ鼻だ。下界を離れた広大な緑の高原をはっきり憶えている。そこにむくむくと立ち上がる入道雲よ。

橋を渡り、石畳参道を入った四柱神社に「帰って参りました」と手を合わす恒例を済ませ、なじみの居酒屋「満まる」へ。

「こんちは」「お、いらっしゃい」

六時開店一番乗りと思ったがすでに中年カップルが一杯やっている。店は変わり

山と川のある町、松本

ないかなと見ると、カウンター後ろの畳小上がりが椅子席個室に仕切られた。

「これ、いやだな」「すみません、個室で椅子希望の人が増えまして」

どこもこうなってきた。居酒屋は入れ込み小上がりで店の雰囲気を味わいながら飲むのが一番、個室でひそひそ飲んで何が楽しいか。

まあ仕方がない、酒だ。地酒「水尾」の生。刺身は、おお、初夏の妖精〈さより〉がある。山国松本でこういうもので一杯やれるようになったんだ。

「ほんとですね」。包丁を手にしみじみ洩らす。

松本で必ず買って帰るものが三つあり、小口わさび店の〈わさび漬〉これは日本一。田内屋商事の油揚〈醍醐揚〉これも日本一。そして〈塩いか〉だが、これが店が定まらないと言うと、裏町の「魚長」を教えられた。

*

翌日訪ねた「魚長」は松本にこんなに本格的鮮魚商があったのかと驚く広大な店で、大きな水槽には穴子も太刀魚も泳いでいる。「塩いか」は水揚げした小型のイカのワタを抜いて塩を詰め、ゲソで蓋して樽詰めした塩蔵食品。鮮魚の届かない信州特に松本で重宝され、塩出ししてきゅうりと和えて食べる。おもに福井で作られ、昔そこを旅したとき漬樽を見つけ「塩いかですね！」と意気込むと「こんなもの松本とかあっちの方しか食べませんよ」。新鮮な生があるのに何が悲しくてとばかりに言われ、しょげたことがあった。現に並ぶ袋詰め二種の製造販売元は福井だが、袋には「信州名物」と大書される。信州は何もしてません、でも美味ですよ！

「太田さんじゃねかい」

声に振り向くと、白髭、茶の作務衣、筒帽の居酒屋「きく蔵」主人だ。「昨日、満まるで塩いか買うならここと教わっただ」「ほうかい、松本の店はどこも魚はここで仕入れるせ」「今夜行くでね」「ああ来ましょ、待ってるじ」。たちまち口をつく松本弁。

夕刻「きく蔵」へ。今年の山菜はあっという間に終わり、これが最後と言う、高度二〇〇〇メートルでないと採れない〈雪菜〉がみずみずしくおいしい。

私の隣は中年ご夫婦が盃を傾ける。昨夜もそうだったが、貧しい土地で美食は悪とされた信州に、こうして外食を楽しむ大人を見るようになった。きく蔵主人が「この人は全国まわって居酒屋の本を書いている人で、うちも書いてもらっただ」と小著『おいしい旅』を見せて恐縮。「今度八戸に行くんですがどこがよいですか？」と訊かれ「ばんやです」と即答する自分が恥ずかしかったです。

日本三大うどん

右も左もスマホを見ている奴ばかり。危ないぞ。もっと世の中や、季節や、うまそうな店や、道行くいい女でも見たらどうだ。歩行中、会話中、食事中も片時も握って放さないのは幼児のおしゃぶりと同じだ。私はもちろん持っていない。金はかからないし、失くす心配もないし、鞄も軽いし、世の中がよく見える。

思いだせない名前などがあると、すぐさまスマホで検索して見せる奴がいて大迷惑だ。必死で思いだすから会話が愉快なのに、そういう奴ほど頭は悪く自分の考えはゼロ。あるとき一人が「スマホしまえ！」と一喝したことがあったが、彼はどうしていけないのかわからなかっただろう。スマホ禁止。

自動車に興味のない私はとうに運転免許は返納、おかげで自動車税も保険代も駐

五島うどん、地獄だき

車場もいらず、歩くのは運動になり、何といっても事故をおこす心配が消えた。

競馬、競輪、パチンコ。ギャンブルも何が面白いのかさっぱりわからない時間の無駄でしかない。働かないで金を得ようとは浅ましくないか。他人から金をまきあげてうれしいか。ギャンブル好きの男は信用しない。カジノ設置に熱心な安倍ナントカは、負ける方が多いに決まっている賭博で持ち金を争わせてテラ銭（30％とか）を取ろうという下賤（げせん）な奴だ。

奨められて一度したが全くつまらなく即やめたゴルフも同じ。インテリはゴルフなんかしない。理念や政策ではなくゴルフで問題大統領に取り入るのは全く情けない。カジノもその男に勧められたからとか。「美しい国」とは賭博場のある国のことか。国民大多数の反対を無視して国の品格を下げ続けるバカ首相やめろ。

ではご趣味は？

私は自炊ですな。朝から夜まで仕事場にいるため、昼と夜は自炊する。近所に食堂がないわけではないが、昼食は十時半、夕食は四時半と決まってきたので時間帯が合わない。夕食が早いのは家に帰った夜十時頃からの晩酌を空腹十全に楽しむためでもある。

それよりも自炊は仕事の気分転換に最適だ。昼はパスタ、ラーメン、そば、うどんなど麺類。夜は糖尿病対策のため炭水化物は摂らずオカズだけ（豚生姜焼と野菜サラダとか。ぬか漬もやってます）。

＊

長年の昼麺生活で「日本三大うどん」が決定した。

一つはご存じ、秋田「稲庭うどん」。細く長い平打ち麺の冷しうどん盛りは、透明感のある味と超なめらかなのど越しがたまらない。薬味はおろし生姜。後半は胡麻だれもよし。なかなか高価で、たまに桐箱入りをいただくと大切にする。

二つめは徳島阿波の「半田手延素麺」。前日にコップ一杯ほどの水に、頭を取った煮干しを、大なら三本、小なら六本ほどを浸しておく。翌日、煮干しを上げ、醤油を多め（そばつゆ程度の濃さ）、刻んだ鷹の爪をいっぱい入れて熱し、ごま油、できればラー油、できれば濃厚な食べるラー油をたっぷりまわす。茹でた麺を冷水で洗って水切りし、器に盛って先ほどの熱いおつゆをかけ、刻んだ浅葱をたっぷりのせる。

これはうまいですぞ。冷たい素麺と熱いおつゆで生温かく、その辛さとごま油に堪えるには繊細な糸素麺はだめで、やや太め、腰の強い半田素麺でなければならない。私はその「乱尺」を箱で取り寄せて年中常備している。

三つめは「五島うどん」。食べ方は、細丸の乾麺を鍋にグラグラに沸騰させた湯からそのまますくって食べる「地獄だき」だ。これには、トビウオで作る五島産「あごだし」のつゆでなければならない。椿油で練った麺の艶と、あまり醤油くさくないあごだしは夫婦の如く一心同体。箸が止まらずたちまち食べ切ってしまう。ずいぶん昔、母の故郷長崎を訪ねたとき以来、気に入って常備品としていたが、平松洋子さんの名著『日本のすごい味』（新潮社）で、五島の生産者を訪ねたルポを読み、うどん作りの秘伝を知った。その感想をメールして「五島うどんがお好きなんですね」と返事をいただいたことがあった。

今日も先ほど、創業百年、五島最古参の「太田製麺所」に電話注文すると、受話器をとった若いお母さんの横で赤ちゃんが「ままー」とむずかり「すみません、ちょっとぐずって」「いいですよ、どうぞどうぞ」のやりとりがうれしい。発送先名「太田、太い田んぼ、そちらと同じです」に「あら」と笑ってくださり、届いた箱に入っていたお買い上げ礼状の直筆文字もまことに美しかった。今度五島に旅行してみたい。

三大うどんならば香川の讃岐うどんが入りそうだが、歳をとってきたらあまり太いのは食べにくくなり、この結果になった。エブリランチ、うどんです。

夏の夜の音楽会

猛暑の毎日。冷房のきいた仕事場にじっとしているに限るが、今日は出かけよう。

名画座・神保町シアターは「映画で愉しむ―石坂洋次郎の世界」全二十三本が始まった。

戦後日本の希望の象徴となった『青い山脈』をはじめとして、石坂洋次郎原作ほど安心して観られる映画はない。若い俳優が男も女も「民主的」にはっきり意見を言い恋愛し、理解ある若い教師のもと、封建的な親たちもそれを認めて明るく終わるのは、日本で初めての青春映画の登場だった。

それまで若者は「年長の厳しい指導で立派な大人になる」もので恋愛はご法度。努力、服従を説かれた。それが悲惨な敗戦により、大人のしてきたことは間違いだった、将来の日本は若者に託そうという機運が生まれた。

♫古い上衣(うわぎ)よさようなら　さみしい夢よさようなら……

「青い山脈」の歌詞は圧倒的に支持されて国民歌謡になった。

東北弘前(ひろさき)に生まれた石坂洋次郎は慶應文学部を卒業し、故郷で教員を続けながら小説を発表。映画もふくめ多くの舞台は東北の田舎町で、それは都会の東京でなくとも進歩的に生きられるという激励になったのだろう。今日は『若い娘たち』（昭和二十六年／監督：千葉泰樹）。

東北のある町。夫を（たぶん）戦争で亡くした母は二階を学生に貸し、五人娘の上三人は皆下宿人と結婚したのに四女・杉葉子は反発。自分は絶対しないと決め、大学から斡旋(あっせん)されて来た学生池部良に早速それを宣言。池部は「はいわかりました」と頭を下げる。

ぽんぽんものを言う彼女に池部はおとなしいので杉は鼻高々だが、大学祭の演劇で「ロミオとジュリエット」を演じたジュリエット役の美人看護婦・島崎雪子との気合いの入ったラブシーンに心おだやかでなくなる。

最後はお定(き)まり。若山セツ子、伊豆肇(はじめ)、村瀬幸子(さちこ)、河村黎吉(れいきち)、清水将夫(まさお)、清川玉枝など適材適役を動かす監督千葉泰樹の手腕は滑らかで幸福感にひたった。映画はこうでなくちゃ。

＊

夜は赤坂のサントリーホール。猛暑の残る夕方五時半に入った大ホールは適度な空調でほっとさせ、開演までじっくり予習しよう。東京交響楽団第六六二回公演、エルガーのオラトリオ「ゲロンティアスの夢」はイギリスを代表する作曲家、エドワード・エルガー（一八五七〜一九三四）の大規模な宗教合唱曲で、本国では人気作品だが、日本では数えるほどしか演奏されていないという。

イギリスは世界で最もクラシック音楽を愛好する国といわれ、夏の名物、七月から九月まで毎夜行われるプロムナードコンサート、略称「プロムス」はつねに八千人を超える聴衆が会場ロイヤル・アルバート・ホールに集まり古今の曲に聴きほれる。私はロンドンに行った時このホールを一目見ようと訪ねたことがあった。

プロムスの最終日を飾るのが一九〇一年の初演で、崇高壮大な曲に熱狂する観客から二度アンコールされたエルガー作曲「威風堂々」だ。私の持つ一九六九年のコリン・デイヴィス指揮、ＢＢＣ交響楽団のライブ盤は、後についた歌詞を聴衆全員が高々と歌う誇らしさがすばらしい。

さて今日のはクラシックでは難物の宗教曲オラトリオ。宗教曲は神への賛歌で歌詞対訳を読んでもあまりわからず、純粋に音楽として聴こう。開演時間が来てフルオーケストラ、テノール、メゾソプラノ、バリトンの歌手三人、背後におよそ二百名の合唱団、さらにパイプオルガン奏者も座る。小さな拍手に迎えられて登場した指揮者ジョナサン・ノットが両手を上げ、一瞬の静寂ののち、最弱音の弦の音が聞こえてきた。

静かに澄みわたった湖面にしだいにさざ波が立ち、エルガーに期待した美しい旋律が見え隠れする。およそ十分の前奏から、おもむろに独唱が始まると歌声が主役となり、着席していた合唱隊がいよいよとばかり立ち上がるとホールは壮大な音で埋め尽くされた。その合唱は、一人ひとりは声を張り上げないが、大きな森のような静かにしっとりした量感が圧倒する。指揮者は演奏、独唱、合唱と大忙しだ。

大曲が終わり四回もカーテンコールされ、アンコールはないまま、合唱団の最後の一人がステージから去るまで拍手はやまない。やがて無人となった舞台に、イギリス人としていつかはこの大曲に挑まなければと思っていたという指揮者が、その初演を終えた満足からか一人で現れ、聴衆全員に感謝するように手を振った。

外に出ると夜、さしもの猛暑もひいて頬の風がさわやかだ。とてもよい夏の夜の音楽会だった。

7
July
Symphony
No.108
No.662
No.66
No.104
TOKYO SYMPHONY ORCHESTRA
映画で愉しむ
石坂洋次郎の世界
7.7 sat—8.10 fri
神保町シアター
東京交響楽団
エルガー：オラトリオ
ゲロンティアスの夢
op.38
マクシミリアン・シュミット
サーシャ・クック
クリストファー・モルトマン
ジョナサン・ノット

本日二つの催し

夏の夜の晩酌

若い頃は毎晩、居酒屋に通って平気だったが、この歳になるとそれもなかなか。したがって晩酌だ。夜九時半頃に仕事場の灯を消し、戸締まりをして、十分ほど歩いて家に帰る。すぐひと風呂浴び、タオルガウンのまま開始だ。晩酌には第一部、第二部があり、第一部はビール。

専用盆に、冷蔵庫から出した缶ビールと、明治四十三年創業、湯島の木村硝子うすはりグラスを置く。その薄さは白熱電球のガラス技術によるといえば想像できるだろう。一個二〇〇〇円くらいと安くはなく、しかもすこし力が加わるとすぐ割れる。私は慎重だが、重要度を理解していない妻はすぐ割る。でも怒らない。「形あるものは必ず壊れる」と言い聞かせ、黙ってスペアを出せばよい。

ビールはこのグラスでなくてはならない。ビアホールの厚いジョッキはがちゃがちゃ洗える頑丈さゆえで、ビールを繊細に味わうには極薄の口当たりは必須。日本酒も薄手磁器盃に限り、酒は昼でも味わうもので、それは美女との柔らかなキスと思ってくれ（言うな）。ビールはこの繊細さをごくごくごくと飲むからうまい。

しかしその前に注ぎ方だ。最初はそろりと注ぎ入れ、そのまま缶を三〇センチの高さに持ち上げて、細い一条の流れを可能な限り揺らさず持続する。大学のゼミ飲み会の時これを教え、今でも教え子に会うと「試験だ、やってみろ」と注がせる。高く上げた段階で「心の動揺が揺れに表れる」と言うとすぐ表れ、「無念無想、武芸者の立ち合いの心境じゃ」と諭す（てか）。

これはもちろん豊かな泡をたてるため。グラスが白い泡で埋まるとそのまましばらく放置。水面が上がり、泡対ビールが三・五（対）六・五になったのを見計らい、今度は缶をグラスの縁に当て、壁にすべらすようにそっと流し入れると、泡はググーッと盛り上がりグラスをはみ出て三センチの山を作る。これで出来上がり。

ビールは圧縮して閉じこめた炭酸ガスの解放により味が生まれるので、テレビCMでやっている、缶ビールをプシと開けてそのまま飲むのが最もまずい飲み方だ。したがって新幹線でビールを売りに来てもグラスがないから買わない。

しかしその前にビールの銘柄選びだ。今年（二〇一八年）発売された緑缶のヱビス「ザ・ホップ」は近年稀(まれ)な傑作で、ロング缶を含む三ケースを買っておいたのが無くなりそうで妻に追加を頼むと（ビール代は請求されます）、なんと！　もう売っていないとわかり慌てた。

なんたることよ、なぜなんだ、サッポロよ説明シロ、と叫んだが仕方なく、残った数本を惜しみ惜しみ飲む。最後の一本になったらビール葬をしよう。昔、サントリーの「ジアス」も同じで、知り合いのサントリー社員にあれは傑作と褒めると、間もなく終売と言われ、大慌てでディスカウントショップを巡って買いあさったことがあった。名ビールをなぜ持続しない！

＊

肴の定番は、生ハムとサラミソーセージ。何度か行ったドイツでこの味を知り、硬い白カビのドライソーセージはさらに良く、麻布(あざぶ)のスーパーで輸入品を買いためている。加えて新潟・亀田(かめだ)の「柿の種」。しっとりしたソーセージと乾いたこれの繰り返し。晩酌の肴は冷蔵庫から出すだけの簡便がポイントだ。

そうして椅子にあぐらをかいたらもう動かない。

ごくごくごく、プハー。

この夏はおまえと共にあった。名作「ザ・ホップ」よさらば

ああこの時よ。私はその日最初のビールを飲むために生きていると言っても過言ではない。それゆえ昼の会合で勧められても飲まないで夜を待つ。飲んだら、これ以降オレの言うことを信用するなよという本日の終了宣言だ。

無口な私は家ではほとんどしゃべらないが、一缶めが終わる頃にはこわばっていた気持ちもゆるみ、妻の母が「お先に」と床につく挨拶をする頃、洗濯物干しを済ませ新聞を読んでいる妻に何か話す。妻は会社勤めで働いており、そちらの疲れもとってやらねば。

スポーツ音痴の私は世界サッカーについて何も知らず、バカにされながら日本の善戦を知った。再来週、私の信州の妹の娘一家がわが家に訪ねてくる。四歳と三歳、可愛(かわい)い盛りのチビに会えるのが目下の最大の楽しみのようで、その日は早く帰ってきてくださいと念を押される。返事はすべて肯定。「うん」「そうだよな」「へえ」ばかりだ。

そのうち出勤の早い妻はお先にと自室に戻り、それからは一人の世界。では第二部に入ろう。

内容のない「話題がない時の穴埋め」のつもりで書き始めたこの回は意外な大作（？）に。次も飽きずに読んでください。

続・夏の夜の晩酌

夏の夜の晩酌、ビールを終えた第二部は日本酒だ。このへんで、すぐ床に入れるパジャマに着替え、いったん盆をきれいにし、台所で琺瑯(ほうろう)ポットに湯をわかしてお燗の準備。私は夏も燗酒派。

次は徳利と盃の用意。職人だった祖父の飾り金具のつく先祖伝来の簞笥(たんす)の一段には徳利およそ五十本、もう一段には盃およそ百個が並ぶ。選んだ今夜の徳利は、流れ落ちる滝を瓢(ひさご)で受ける涼しげな絵柄。盃は、磯の網籠の上を金の鶴が二羽舞う白磁平盃(ひらさかずき)。最近、盃は藍染めの渋いものよりもカラフルな派手めが好きになってきた。おしぼりと水、肴を用意するといよいよ燗付けだ。

まず一升瓶をがっぽがっぽ揺すって酒に空気を含ませ活性化させ、錫のちろりにとり、湯につけて温度計を差し込む。お燗は首まで湯に浸かることが大切で、浅鍋に腰下だけでは温まらないのは風呂と同じ。同様、ぬるい湯にながく浸かれば芯から温まり、湯冷めしないのも同じだ。

お燗の間はじっと動かず温度計を見て四三度くらいで上げる燗酒は直後よりも、酒が落ち着いた三杯めあたりからがおいしい。

盆には、錫ちろり、徳利、盃、箸、肴が並び、盆外におしぼりと水。さあできた。ちろりを軽く振って徳利に少し注ぎ、手を徳利に持ち替えて盃に注ぐ。ちろりから直接でもよいが、日本酒は流動＝動かすことが大切でこの二度注ぎにする。盃への注ぎ方は研究の結果、中央にどぼどぼではなく、縁から滑らすように流し入れ、最後は名残を惜しむように徳利を軽く上下する。

盃は縁下を人さし指と親指で軽くつまんで持ち上げ、親指脇からすいと流しこむと形がきれいだ。中指と親指ではさむ人もいるがいささか野卑。上からわし摑（づか）みして肘を向こうに回すように指の間から呷（あお）るのは車夫馬丁のすること。ついでに書けば、公家（くげ）ならば四本指をそろえて盃をのせ、縁に親指を添え、肘を外に張って飲む。女性は肘は張らず、左手で隠すようにして口に持ってゆく。

ツイー……。

本日の晩酌、第二部

うまいのう。

肴の定番は、釜揚げしらす・焼海苔・じゃこが御三家。今日はスーパーで買った「まぐろ赤身切り落とし」を、事務所の退勤際に柚子胡椒入り醬油に漬けて持ってきた〈ヅケ〉があり豪華だ。

シーン……。

頃は夜十一時。妻は自室に戻り、表通りから引っこんだマンションの夜は全くの無音だ。

無音、静寂、これほどの贅沢があろうか。一人はしゃべる必要がなく、自ら静寂を作っている気持ちもある。テレビもつけず、新聞も見ず、ただ酒に専念する。酒とは良いものだ。お茶を前にいつまでもこうしていたら家人は怪しむだろう。椅子にあぐらをかき、頭の中は空っぽ。本当に何も考えていなく、簞笥の上の花をじーっと見ている時もある。いつか紫の草花をきれいだなあと眺め、そうか、活けた素焼き花瓶が大地の土のようだから花が生き生きと見えるんだと思ったことがあった。

＊

今夜の酒は茨城の「大観」だ。

しばらく前、大阪のなじみの居酒屋で飲んでいるとき店主から「太田さん、これ飲んでみませんか」と奨められた酒で、一口二口含み「きれいにおいしい中にまだやや荒々しいものが残り、それが魅力だ」云々を言うと、からからと笑い「隣の人がそれを造った杜氏です」と言われて大慌て。

先に言えよ！　褒めてヨカッタじゃん。まだ若い方で、そういえば一瞬緊張したようだった。

うかがうとこの酒は、茨城で日頃当蔵の酒を愛飲していた酒豪の日本画大家・横山大観が、ある年の出来がたいへん良いので「大観」と名づけたらと提案、自ら筆もとったという。ラベルの渦巻くような筆跡は大観が画業を深めた五浦の海の渦のようだ。その時ご一緒の酒販店の方に、後に注文したのを今飲んでいる。

徳利一本目も終わるともう少しの気分になる。家飲みは外とちがい酒のまわりはたいへん速く、二本目は六分目くらい入れてまたお燗。肴もなくなり、何かないかな。おお、ラッキョーがある。自分でこさえた味噌漬だが妻は大嫌いで「目の前で食べないで頂戴」と固く言われているけれど、今なら大丈夫。ほかにもなにか、お、チーズ、これでいいや。冷蔵庫を勝手にかきまわすのは禁じられ、私は専用の小さな箱をもらい、そこに隠し球がいろいろだ。

席に戻ってまたツイー。

気がつくと、うとうと。潮時と台所の流しに運び、ちろり、徳利、盃だけはしっかり洗い、水を満たして一晩おき、酒の気を抜く。歯を磨いてよろよろとベッドに倒れこむのでした。

ラングとベルイマン

名画座「シネマヴェーラ渋谷」で映画監督フリッツ・ラング（一八九〇〜一九七六）の特集二十四本、「恵比寿ガーデンシネマ」で、イングマール・ベルイマン（一九一八〜二〇〇七）の「生誕100年映画祭」十三本が上映され、会期が重なり大忙しだ。

一九六四年、大学受験に上京した私は入試を終え、不合格だったら東京に来られないんだと〝受験記念〟に、新聞で二年前の開館を知っていた芸術映画専門「アートシアター新宿文化」で『イワン雷帝』（監督：S・エイゼンシュテイン）を観に行った。モノトーンのロビーはインテリ風の客ばかりで、二階の無料画廊には前衛的作品、トイレの表示はトランプのキングとクイーン、上映開始を告げるのはウェストミンスター寺院の鐘、伊丹一三（当時）デザインの厚いパンフレットなど、知的ムードに圧倒された。

幸い合格して始まった東京生活は、カネは全くないが、ＡＴＧ作品は欠かすまいと通った。『野いちご』『第七の封印』『処女の泉』『沈黙』『不良少女モニカ』『愛のレッスン』『道化師の夜』などベルイマン作品が大好きになり、大学内でやったグラフィックデザイン個展「幻視者の世界」（今は恥ずかしいタイトル）では彼をテーマにしたポスターも作った。

今回は最初に観たベルイマン作品『鏡の中にある如く』（一九六一）を五十年ぶりに観るのが楽しみだ。十八歳の初見はよく理解したのだろうか、七十二歳の再見は印象が変わるか。

登場人物は夏の島にやってきた夫婦と、妻の弟、妻の父の四人。精神病が重度になりおびえる妻を作家として観察する父を医師の夫は厳しく非難する。弟は姉を女性と意識するがまだ若く振り回される。妻は苦しむ自分を救うはずの神の姿にさらに絶望する。

初見では弟に、今は父に気持ちが寄るのがわかった。最後、病院のヘリコプターが窓外に降りて来るとき初めて流れるバッハ無伴奏チェロソナタの重厚な効果。若い時に無理してでも高度な作品を観ておくことの価値を感じた。

上映する「恵比寿ガーデンシネマ」は壁に往年の大スターの写真を飾り、ロビーに海外の映画書を置くなど映画愛にあふれる。上映時間五時間十一分に恐れをなして観逃していたベルイマン最晩年の作品『ファニーとアレクサンデル』は人生や作品の集大成で、その最終的な幸福感はすばらしく、冒頭、人生を象徴する劇場に小さく書かれる箴言「楽しめ、悩むな」はしっかり心に残った。

＊

フリッツ・ラングは、人間の内面を追求するベルイマンとは正反対に事件や恐怖や驚異を描く。ベルイマンは魂の救済を神に求め、ラングは復讐に求める。

サイレント時代から戦前ドイツ映画の表現主義を支え、ナチのユダヤ迫害を逃れてアメリカに渡り傑作を連打。古い作品ゆえ観る機会がなかったが、一九九九年、配給ケイブルホーグによる特集以来、俳優座トーキーナイト、アテネ・フランセなどで上映が続き知られるようになった。

作品はSF＝『メトロポリス』『月世界の女』、史劇＝『ニーベルンゲン』『ムーンフリート』、異境＝『死滅の谷』『大いなる神秘』、怪奇＝『ドクトル・マブゼ』『怪人マブゼ博士』、西部劇＝『西部魂』『無頼の谷』など多岐にわたるが、最も技巧冴えるのが『M』『暗黒街の弾痕』『死刑執行人もまた死す』『恐怖省』『飾窓の女』『外套と短剣』『ビッグヒート／復讐は俺に任せろ』『条理ある疑いの彼方に』などの緊張あふれる犯罪サスペンス映画だ。

『マンハント』の追われる主人公（ウォルター・ピジョン）が密航して上がる夜の波止場は犯罪映画おなじみの場所。夜霧深いロンドンの舗道をコツコツ行くと、向こうに立つのは追う私服刑事。振り返ると夜警の制服警官がゆっくりやってくる。さあどうする。

偶然助けを手伝った、はすっぱ女（ジョーン・ベネット）は次第に助けた男の純情に惚れこみ、夜霧にまぎれてロンドンブリッジから一緒に逃げるのを夜警に見つかって、わざとあばずれ口調に戻って男を誘う芝居で夜警を撒き、自分は去って男を逃がす場面が泣かせる。

また二十世紀映画の金字塔『メトロポリス』や『スピオーネ』などで目立つ、何と言うかドイツらしい「鉄趣味」。白黒画面に冷たく光る武骨で硬い鉄の機械の存在感は私の金属愛を刺激する。手塚治虫の初期代表作はその名も『メトロポリス』。以降の手塚の偏愛的な機械描写はラングの影響だろう。

ベルイマンに始まる映画探求はテーマよりも映画技巧に寄ってゆき、その最高峰

恵比寿ガーデンシネマのすてきなロビー

がラングの作品だ。

この暑さにどちらの館も連日満員。映画ファンはいるなあと実感する日々だ。

平成、最後の夏

八月十五日の全国戦没者追悼式が新聞に大きく載っていた。見出し「戦後の長きにわたる平和な歳月に思いを致し」は、即位の平成元年から三十回、参列を欠かさなかった天皇陛下のおことばの一節だ。陛下は来年（二〇一九年）退位され、平成も終わる。最後の参列に、陛下はしばし場を去り難いように壇上を見上げたそうだ。

この新たに加えたおことばに深い感慨を持った。昭和二十一年三月生まれの私は、新聞で戦後五十年、六十年の文字を見るたびに自分の年齢を同じ数で自覚した。まさに「戦後の長きにわたる平和な歳月」に守られてここまできたのだ。この歳月は天皇陛下のたゆまぬ意思表示と行動による賜物（たまもの）で、頭（こうべ）を垂れずにはいられない。

宮内庁関係者の言「平成は近代以降、戦争がなかった初めての時代だった。その締めくくりにふさわしいおことばで、深い感慨を覚える」。また識者の「深い反省の上に立った戦後七十三年間を肯定し、平和が将来も存続することへの願望がはっきり出ている。陛下のお考えの集大成とも言え、象徴天皇制と憲法の平和主義は深く結び付いている」に深くふかく賛同する。

比べて安倍総理のなんと薄っぺらく反動的なことか。「戦後の長きにわたる平和な歳月」を支えた平和憲法を「みっともない憲法」と公言し、何兆円もの国防費を増大し続け、戦争のできる国に変えようとしているこの男こそ天皇の意思に真っ向から叛(そむ)く者だ。広島・長崎原爆の日の、被爆者代表への聞く耳持たぬ応対は心の冷たさがありありだ。平然と嘘(うそ)をつき通し、自分本位の悪法をルール無視で作り続ける国賊首相には、きっぱり不信任をつきつけて解雇しなければならない。

平成後の新時代は「戦後の長きにわたる平和な歳月」をさらに強固に、明るい希望に満ちた、若者が活躍できる不安のない平和国家となるのを願う。安倍はその正反対のことをしている。

＊

盆の東京はしんと静かにセミの声だけがやまない。夏の盆は亡くなった先祖を迎える日。終戦記念日と盆が重なることに意味を感ぜずにいられない。

お盆は古書整理のとき

私の育った信州松本の盆入りは夕方、玄関でカンバ（白樺の皮）を焚くのがならわしだった。

迎え火の白樺焚けば父かえる

先日の句会で作った句だ。カンバは盛大に黒煙を上げてすぐに燃え尽き、灰になる。父はその仕事をいつもしていた。

東京のマンション住まいでは迎え火もできないが、そうだ、と晩酌の一献を、父母の写真にそなえ「盆で親父が帰って来る」と洩らすと、妻は「そんなことない、お父さんは毎日ここにいる」と指さした。そういえば妻は毎日茶を上げている。学校教師だった父は子供に慣れ、私の嫁をとても可愛がり、たまに帰省すると空気の良い田舎の散歩に連れだして野花の名を教えたりしたそうだ。妻はそんな父を尊敬してくれているようでうれしい。

高名な方が、父との確執を書いたり、家族を病に喩えたりしているのを見ると情けない気持ちになる。たとえそうであっても、すでに亡い親をそんな風に世間に言うのはいかがなものか。親は喜ぶか。

私は両親との確執は何もなかった。十八歳で親元を離れ上京したからかもしれない。

若い頃の帰省の、母の手作り料理での一杯は、父も私も母も心からなごやかなものだった。次男の私は性格おとなしく、親に反抗せず（反抗しても始まらない、自分で解決しなければ仕方がないと思っていた）、教育者の父は仕事の悩みをよく聞き、「まあ、そこからだ」といつも気持ちを和らげてくれ、母はそんな二人に口をはさむことなく世話してくれた。

金の苦労はさんざんかけ、十分な親孝行も介護も果たせないままになってしまったが、親子間の確執など一切なかったのは、おそらく親も私も、生涯の幸福これに勝るものはないと思う。今も父母を思うのは日常で、そういう意味でまだ生きて見守ってくれている。

今年も盆休みに、たまった本を古書店に引き取ってもらうことにした。雑誌はここからここまで処分とぱっと決められるが、単行本や資料本は確認しなければならない。本整理の達人は開いてはダメ、一瞬の決断だと言う。感傷無用。同じ本を二冊買っているのもいくつもあった。

そうして大机にひと山。文芸、美術、映画、写真、旅などと分け重ね、これは高価な本ですよとばかり上に置いたりしたが、取りに来た方はそんなことに関係なく、すべて十把（じっぱ）ひとからげにサイズでまとめて効率よく箱におさめて運び、後日ぜんぶで一万五〇〇〇円ですと連絡があった。
平成最後の夏が過ぎてゆく。

麻布十番祭

猛暑の夏。「こんな暑さは生まれて初めてだ」ともらすと「あたりまえだ、観測史上最高、日本人全員が初体験だ」と言われて納得した。

しかし季節はめぐる。八月末の麻布十番祭（あざぶじゅうばん）になると夏が終わる実感がわく。私はかつて近所に住み、毎年歩いて行った。

昔の十番祭は、新一（しんいち）の橋（はし）交差点の広場に各国大使館が出す露店が楽しみだった。お国の衣裳の美人大使館員が「イラシャイマセー」と愛敬をふりまき、ドイツのビールとソーセージ、ミャンマーのカレーが好きで、カレーは二度列に並んで二皿食べた。

地下鉄出口に組まれた十番稲荷奉納櫓（やぐら）の上では浴衣たすきでテンテケテン、ピーヒャララと囃子を鳴らし、盆踊りの高櫓ではハッピねじり鉢巻のいなせな男が片肌脱ぎで太鼓を打つ。ある年、流れる「東京音頭」の踊りの輪に加わったときは、自分も東京人になったのかなと思った。

「豆源」前の「十番寄席」は浴衣の客が団扇片手に。商店街真ん中の小広場「パティオ十番」のステージに立った「コロッケ」という物真似芸人は、ちあきなおみの真似が絶品で、すぐにテレビに出て今や大物になった。

ビル一階の駐車場で始まったアメリカ大使館員の本格カントリーバンドに大勢のアメリカ人家族が聴き入っていたのが懐かしい。ひところは東京藝大のサンバ同好会（？）がパレードを続け、サンバ好きの私は後をついてまわった。地方の出店も多く、私の故郷信州の店は何を並べているのだろうとのぞき見た。

その頃の麻布十番は都心でも交通の便がわるく、商店街と大使館の交流するのどかな夏祭だったが、二〇〇〇年に地下鉄が開通すると一気に人が増えていった。

二〇一一年、東日本大震災の年は中止。その翌年から祭の形態が見直され、大使館の出店も、盆踊り櫓も、ずらりと並んだテキ屋露店もなくなり、たこ焼、焼そば、綿あめ、あんず飴、いか焼、冷やしきゅうり、ニッキ水、バナナや七味唐芥子の啖呵売などは消えた。

代わって主役になったのは地元の商店や飲食店が店前の歩道に出す露店だ。おそらく、地元の人ではないお囃子やテキ屋を頼りにするのではなく、自分たちでやろうということだったのだろう。

その結果、祭はすっかりスマートになり、外国人向けスーパーはあるが、古い個人商店や老舗飲食店が軒並み健在で、芸能人が夜遊びするというトレンディな店が増えていた街の特徴は一気に吹きだした。輪をかけた人出は立錐(りっすい)の余地もなく通りを埋め尽くして四方の路地に延び、今や東京で最も若い人、それも「超おしゃれな若い美人」が来る、それ目当ての若者が集まる祭となった。

露店の熱気は最高潮に、ここ三年ほどの飲み物主役は「モヒート」と「グラスシャンパン」。人気レストランのピザやトルティーヤ、餃子、唐揚げ、串焼きに列ができる。十番在住のイラストレーター宇野亜喜良(あきら)さんデザインの、毎年の団扇は大人気だ。

＊

地下鉄麻布十番駅の、改札から外に出るまで十分もかかる大行列をようやく上がると、待ち合わせた妻がいた。妻はこの祭が大好きで「今年で三十六年め」と言う。今日も早く来て、すでに「所定の買い物」は済ませたとか。どこが混むかは熟知し、その裏をかいて効率よくまわるそうだ。

今年も人出はものすごく、中心商店街はぎっしりで進まない。若い女性は圧倒的に浴衣姿が多く目を楽しませ、男も増えてきた。浴衣は欧米人にも人気で、男も女も日本人よりもよく似合うと感心する。同じ浴衣で手をつなぐ金髪の子供がかわいい。真ん中の網代(あみしろ)公園は金太郎や鉄腕アトムのお面売り、輪投げや金魚すくい、風船すくいの子供天国だ。

妻はモヒート片手に、いつもとちがって財布はゆるみっ放しで、迷ったら買うと、私は名も知らないタイや韓国の料理をどんどん買ってこちらに預ける。

露店の女性はヘタなタレント顔負けのすてきな娘ばかり。長い髪に野球キャップ、ジーンズの短パンにきれいな脚で「お味見いかがですかぁ♡」と声を上げ、こちらもにこにこ。若い男たちが「ほんとに、かわいい子多いよな」と感心している。浴衣娘が道の両側に平気で座り込む列がどこまでも続き、真ん中で車座宴会も始まった無法状態がいい。願わくば大使館の出店を復活してほしいのは妻も私も同意見。

ぐるぐる歩いておよそ二時間。買った戦利品を肴に家でビールを飲もうと、帰途について見上げると、雲ひとつない夜空にみごとな満月が皓々(こうこう)と。

麻布十番祭が終わるともう秋だ。

十番祭の主役は浴衣

月の峠路

音楽鑑賞はレコード派で、棚にはおよそ千五百枚のＬＰが並ぶ。クラシック、ジャズ、ラテンといろいろある中の異色は、歌謡曲の二五センチＬＰだ。

戦後に生まれたビニールのＬＰ盤（ロングプレイの略）は直径三〇センチで三十三回転、片面およそ三〇分入る。二五センチＬＰはそのハンディ盤で、片面二十分ほどが手ごろとしてアメリカでも日本でも少数作られた。手持ちの歌謡盤はおおむね昭和三十五年ころ吹き込みの一枚八曲入り。楽しみはヒットしなかった佳品。『三橋美智也ヒット・アルバム№２』（キング）は「月の峠路」がいい。作詞：東條寿三郎、作曲：吉田矢健治。

ひとりしょんぼり　何処までいった

影も形も　みえやせぬ
別れともない　二つのこころ……

——月の明るい夜の峠路を一人で行く詞、のびやかな曲調。信州の山奥で育った私にはありありと光景が浮かぶ。民謡で鍛えた三橋のかん高く伸びる歌声は日本の郷愁そのものだ。かつて三橋がラジオで「語尾のアイウエオ、特にイ音を明瞭に歌うことが大切」と言っていた言葉のめりはりが清潔だ。

『橋幸夫傑作集　第3集』（ビクター）は「東京の美少年」。作詞：佐伯孝夫、作曲：吉田正。

銀座八丁西東
赤いネオンも消えるころ
あの娘この娘も帰るころ
帰りきれない悲しさに……

——ゆったりした曲想は昭和三十五年頃の東京の落ち着きを感じさせ、橋の低音はやや鼻詰まりに、高音は晴れやかに伸び、甘い若さがいっぱいだ。

『今日は　三波春夫です』（テイチク）は背広ネクタイ姿の三波も珍しいが、曲の間を本人の語りでつなぐのも珍しい。「おさななじみの唄」。作詞：佐久良田進、作曲：春川一夫、編曲：宮脇春夫。

おさななじみは　せつないものさ
好いて　いながら　口には出せぬ
赤い夕焼　峠の道を　ひとり　草笛　吹いていた……

――詞を通俗と言うなかれ、歌謡曲の詞は小難しい発想や個性は不要、一つだけ「決まるフレーズ」があればよく、耳慣れた言葉を朗々と歌うところが真骨頂だ。三波の艶やかな歌声に、間奏の横笛と箏（こと）がいやがうえにも日本の情感を高め、一曲にこめる完成度は歌唱力ナンバーワン。全く聴き飽きさせない。

『ジョージと共に／アイ・ジョージ』（テイチク）の「あなたのために」は映画『充たされた生活』（昭和三十七年）によせる歌とあり、作詞：有馬稲子（同映画主演）は珍しい。作曲：アイ・ジョージ、編曲：北野タダオ。

あなたのために眠るの
あなたのために息するの
あなたは人？　神・悪魔か……

――ポンカカコッカと叩くコンガの落ち着いたラテンリズム、間奏の泣かせるトランペット、哀愁をおびた夜の都会調を、歌に絶対の自信をもつアイ・ジョージが

25センチLP歌謡アルバムは宝

高々と歌いあげる。

女性歌手もある。『アカシアの雨がやむとき　西田佐知子ヒット曲集』（ポリドール）は「灯りを消して」。作詞：水木かおる、作編曲：藤原秀行。

私の泪も知らないで
あの人はどこにいる
あゝ　一目だけでも　逢いたいの……

――つまびくギターを支えるコンガの、ツチャーチャ・ツチャャ・ツチャャは歌謡曲最強のリズム。美人歌手・西田佐知子は都会の切ない女心を歌って惹きつける。

＊

いいなあ、歌謡曲。練達のプロによる曲や詞は似ているが、そのマンネリのエッセンスが、時として比類のない結晶となる。

そして何といっても歌手の力、歌のうまさ。私はコブシをまわす演歌や、暗いムードが売りの、こもった歌い方は嫌いで、充分に発声勉強をかさね、正面から晴朗に詞に心をこめて歌う歌手が好きだ。

私はかつて、戦後歌謡曲を百曲あつめた『いい夜、いい酒、いいメロディ／魅惑の昭和流行歌集』という五枚組ＣＤ（ビクター）を作ったとき「あまりヒットしなかったけれど、じつは名曲」で編もうと思ったが、売れ行きを考えるとそれのみにもならず苦労したことがあった。三橋美智也、橋幸夫、三波春夫、アイ・ジョージ、西田佐知子などなど、当時量産していた吹き込みには知られざる宝がいっぱいある。もちろん、ひばり、ちあきなおみは全曲聴く価値がある。

そういう歌謡曲は絶滅した。といってＢＳテレビでやっている往年の歌手の老残の姿も見るにしのびない。

そもそも「音楽」を聴きたいのだから動く映像はいらない。ジャケットの顔写真にじっと見入っていれば、詞や声の個性、伴奏、編曲の妙に集中できる。

今はＣＤで出ているかもしれないが、そのオリジナル盤を高級オーディオで聴くときこそ贅沢と言おう。

ふらり旅　新・居酒屋百選

平成二十五年から始めたテレビ番組「太田和彦ふらり旅　いい酒いい肴」は五年続いてこの三月に終了したが、直後から抗議電話やメールが局に殺到し、社長命令で十月から二シーズン目として再開となった。

どのくらい来たんですか？　と訊くと約四百とか。これはとても大きな数字という。百二十もの町を訪ねたのでまあ節目かと思っていたけれど、ファンとはありがたいものだ。

本職はグラフィックデザイナーで今は文を書いているが、テレビ出演歴はながく、二十年ほど前に始めた旅チャンネルの「全国居酒屋紀行」が最初だった。

私の居酒屋本をよく読んでいたプロデューサーが訪ねてきて「居酒屋探訪番組を

まずはウォーミングアップ

始めたいが、居酒屋に詳しいタレントを教えてくれ」と言う。「タレントは知らないが、居酒屋は日本中知っている」と答えると、翌週に「では出演してください」となって始まった。第一回は鹿児島で、桜島を背景に「今日から始まる……」とやるつもりだったが、肝心の桜島は雲に隠れて見えず「後ろは、見えませんが桜島です」と言う間抜けな出だしとなった。

スタッフは私とプロデューサーとカメラマンの三人のみ。初めはロケハン費がなく、電話で店の了解だけとったぶっつけ本番で、私の『居酒屋味酒覧（みしゅらん）』に載る店を中心に全国をまわる。台本はなくすべてアドリブだが、知っている店で飲んで話していればよいのだから簡単だった。

二年も続いた頃プロデューサーから「某局から同じ番組を真似て作りたいと言ってきたがよいか」と訊かれ「どうぞ」と答え、全く同じスタイルで他局で始まった。それまでこういう番組はなく面白がられたのだろう。

全国居酒屋紀行は何年も続き、「日本百名居酒屋」としてさらに三年、著書『居酒屋百名山』にまとまったのはうれしかった。番組は今も時々リピートされ、DVDはロングセラーという。

それも終わった後、BS11局の方が訪ねてきて「旅チャンネルを楽しみに見ていたが終わったので、ぜひウチで」となった。誰が見ているかなど気にしたこともなかったが、見てくれていた人がいたんだとうれしくなり快諾。今度は一時間の旅番組、第一回は「倉敷」と決めた。

行って驚いたのは、プロデューサー、ディレクター、カメラマン、撮影助手、音声、照明、制作がついた大スタッフで、映画やテレビの撮影現場を多少知っていた私は、それまでとはちがう本格態勢に一段と張り切った。そのスタッフによる美しい風景や料理撮影、ここぞに流れる音楽効果はすばらしく、お酒を飲まない主婦のファンも多いと聞くのはこれゆえだろう。

＊

今や居酒屋番組がたくさんあるのは、タレントを居酒屋に放り込んでおけば何かしゃべってくれるという、予算のかからない簡単番組だからだ。しかし、酒の知識もなく、言葉知らずで味の感想も言えず、店の主人と話もできず、ただ飲んでるだけ。カメラも出演者の中継ばかりで店の様子や料理はわからない、というかその気はないようだ。

私の番組はちがう（ここからは自慢です）。三十分ではない、まるまる一時間の旅番組ゆえ、昼は町の名所や市場を歩いて歴史や文化、産物、人情を知り、夜はそれが居酒屋にどう反映されているかを、盃を傾けながらじっくりと探る。「居酒屋は必ず町の風土を反映する」を実証するフィールドワークで、ただ飲んだ食べただけではない自称「居酒屋の宮本常一（つねいち）」。グルメ番組の「ワーおいしい」とはちがいますぞ。

文章取材に比べ、ディレクターが「終了です」と言えば後は作ってくれるテレビは簡単で、いくらでも続けられた。強みは長年全国を歩きたいていの店は顔なじみなこと。主人や女将と「太田さん久しぶり」と話がはずむ（元手がかかってます）。建築好きの私は隠れた名作を見つけたり、最後に紹介する〝戦利品〟の珍味や古い盃などを探す楽しみもある。

今度のタイトルは「太田和彦　ふらり旅　新・居酒屋百選」。はからずも半年の「休肝日」をもらった格好になり、体力づくりと歯のチェック（歳なので）も終えた。そしてもう一つ。店で感じたもの、味わった酒料理の特徴を即座に言語化する「居酒屋取材のカン」を取り戻さなければと、いそいそとなじみの居酒屋の暖簾を分けたのでした。

藍染めの絵皿

旅先に古道具屋があると入るようになった。古美術店ではなく古道具屋。徳利や盃、小皿など、文字通り埃（ほこり）をかぶっているのをひっくり返すと案外掘り出し物があり、気に入ると買う。ただし高いものは買わずせいぜい五〇〇～一〇〇〇円程度。好きなのは藍染め磁器の絵皿だ。焼物の知識は何もなく、時代や何々焼などに全く関心がないことが、かえって邪心なく自分の好みになる。

写真上の大きな皿は葛籠（つづら）を背にした旅人が二人。一人は両手に杖（つえ）と風呂敷包み、あと一人は葛籠に子を乗せ、右の大滝に目をやる。髷（まげ）姿、脚半に裸足は明治以前の支度だ。流れ落ちる滝をあっさりと線で表現し、囲む岩はあまり写実性のない筆法。遠くの山は須弥山（しゅみせん）か。藍の濃淡は湿度を保って滝しぶきが感じられる。泉鏡花を思わせる絵はなにか底本となる物語があるのだろうか。

　買ったのは飛騨高山で、これに食べものを盛る気にはならず、机に布を敷いてしばらく飾っていた。マイセンの磁器博物館やウィーンで見た皇后エリザベートの膨大な食器など、西洋にこういう庶民風俗を描いた絵皿磁器は見かけなく、東洋だけなのだろうか。

　左下の小皿は厚手で上等ではないが、山並みの杉木立の梢先にぽっかり上がった巨大な月の手前にたたずむ二頭の鹿が絶妙だ。やわらかな山の稜線に対比する針葉樹の尖（とが）りの先端がやや月にかかるのは遠近感をつくり、鹿の遠さを強調する。完全無欠な満月の円、鹿の繊細な線。植物と動物だけの、人のいない夜の世界を満月が隅々まで照らしだすのは、宮澤賢治の物語のようだ。

　買ったのは金沢で、見つけて即購入を決め、きちんと上着を着た学者風店主に「選ぶのが早いですね」と言われた。

　買うと、しばらくは家でその皿を見ながら盃を傾ける。「よく見る」のは大切なことで、こういう構想の絵を描いた職人をしのぶのは楽しい。何も盛らずに皿だけで酒の肴になる。しかしある夜の晩酌に、厚く切った白いかまぼこを二枚、縦に置くと、なかなか様になった。

右下のは大きな芭蕉の葉の下に髷を結った中国童子が二人。一人は台を指さし、もう一人に何か尋ねている。手に何か持つようだがよくわからない。香炉に立つ線香一本が薫煙を流す。置いた台の三本足は鼎を思わせる。

白地を多めにとり、未だ濡れているような藍の濃淡が美しい。左の大木を囲む柵はパースペクティブがおかしい。左下の土手（？）は、ないほうが良い。立ち上る薫煙の流れで何かを占っているようにも見え、中国にこういう説話があるのだろうか。

＊

これも飛騨高山で三〇〇円くらいだったか。高山は日本でいちばん古道具が充実して、店もたくさんあり、高級な美術骨董ではない生活雑器であるところがいい。学識を感じる店主は、高山に古道具屋が多いのは、古来山深く遠いところで中央との交易は少なく、そのため「ものを捨てない習慣」があるからと言っていた。これは麗しいことではないだろうか。

これらをささやかな美術として楽しんでいる。本業はグラフィックデザイナーゆえ、もちろん美術は関心ふかく、外国でももっぱら美術館をめぐり、日本でやっている大型展も見逃すと残念だ。

しかしそのうち、自分の好きな美術を自分で発見することが面白くなり、旅先が楽しみになった。例えば小皿にしても、骨董品的価値はおそらく全くない雑器だが、そんなことはどうでもよく、自分が楽しめればそれでよい。価値は私が与える。

古書店の店頭ワゴンにある浮世絵もよく買う。印刷複製も本刷り版画もあり、一枚五〇〇円くらい。適当にどんどん選んで計算してもらい、それから本セレクトに入る。持ち帰ると神保町の額屋で買った「桜三角」という臙脂(えんじ)色の木額に納める。額の方が値段が張るが、おそるべきはその効果。大変立派になったのを棚に飾り、飽きると入れ替える。

好みは明治の風俗画で「水野年方(としかた)傑作風俗畫(が)　三十六佳撰(かせん)　其二十一　蟲(むし)の音」は、秋の野の敷物に座り、じっと虫の音に耳傾ける玲瓏(れいろう)たる女、後ろ姿の男、うなだれて聴く子供がいい。

戦後しばらく見られた、商店などがお中元に配る宣伝うちわは、有名映画スターの写真をおそらく無断で人工着色して使い、中村錦之助が魚屋、山本富士子が八百屋と楽しい。これも額に納めると立派な美術品になった。

映画好きのある人は、はがき大の白黒ブロマイドの池部良を立派な木額に納めて玄関に飾っていた。にっこりした笑顔は、毎日彼女を元気づけているだろう。

見ていると飽きないです

二本の芝居

私の一番好きな女優・松金よね子、岡本麗、田岡美也子の「グループる・ばる」は結成三十二年、その〝さよなら身終い公演〟として『蜜柑とユウウツ―茨木のり子異聞―』を再演と知り、「うわーその日が来た」と残念でいっぱいになった。「る・ばる」の舞台を初めて観たのは三十年前の一九八八年十一月十日、新宿シアタートップスの『夢の続きによろしく』、グループ結成二年だ。まだ若くぴちぴちの（今もぴちぴちです）女性三人の絶妙なアンサンブルにすっかり魅了され、あまり筋と関係ないのに忌野清志郎の名曲「スローバラード」を高々と熱唱する松金に大ファンとなった。以来『片づけたい女たち』『八百屋のお告げ』などの名舞台を追いかけてきた。

これで見納めかと感慨深い気持ちで池袋の東京芸術劇場へ。客席は満員。脚本：長田育恵、演出：マキノノゾミ、始まると三年前の初演を次第に思いだす。

詩人・茨木のり子の没後の家で未発表原稿を探す編集者を軸に、のり子と同時刻に亡くなった三人の「のりこ」の魂が集まって、それぞれが茨木のり子を演じるという巧妙な設定で、実在した詩人の像を描いてゆく。重要な登場人物に若き日の谷川俊太郎、佐野洋子（役名・岸田葉子）、さらに金子光晴や川崎洋も登場する。十九歳で迎えた終戦、結婚、時代、死別など、時々の境遇を反映する詩の朗唱をまじえて描き、女性性も探られる。再演の落ち着きと「る・ばる」最後の公演の気迫は、研ぎ澄まされた清澄な舞台となって大きな感銘を生んだ。女三人が主役の制約は作家を刺激しただろう。初期の若さいっぱいの喜劇タッチは三人の芸風をつくるとともに、深いテーマの芝居にも巧妙な安定感を与えていた。

演劇公演はこれと思う作家に台本を依頼することから始まる。女性作家・永井愛に、ようやく書いてもらえるとなって、そのワープロの隣で台詞を筆写、たった五音の台詞に苦心惨憺する姿に「絶対に一言一句まちがえてはいけない」と思ったというパンフレットの座談会がいい。また脚本：長田育恵、演出：マキノノゾミの対談で「大ベテランの三人がまるで演劇部の少女たちのように一途に試行錯誤しながら取り組んでいるのが素敵」という長田の言もよかった。

終演ロビーをしばし去り難く、荒井良二イラスト「る・ばる」Tシャツの一サイズ大きいLを購入。これを寝巻きにして三人のお姉さまの夢を見よう。

三十二年間の名舞台を有り難うございました。

＊

一週間後、私の一番好きな男優・佐藤B作ひきいる「劇団東京ヴォードヴィルショー」の第七十二回公演『終われない男たち』に行った。

おなじみ下北沢・本多劇場は千秋楽日で満員。すでに見えている舞台装置は新宿ゴールデン街もかくやの昭和のディープ盛り場「セントラル街」。壊れた噴水を囲む一杯飲み屋、スナック、中華食堂、小料理などよく知る（？）凝りに凝ったセットをにやにや観察するうちに始まった。

脚本：鈴木聡、演出：鵜山仁。ＣＭ制作会社社長の佐藤B作はバブル期の借金をようやく終えたが社員は自分一人。離婚もした六十五歳、俺の人生このままでは終われないと、大手焼酎のワンマン社長に取り入ってＣＭ受注を狙い、セントラル街のスナックで接待、人気美人ママに因果をふくめる。

そのドタバタを軸に、再開発地上げ問題が続いている街の、相対するヤクザ月

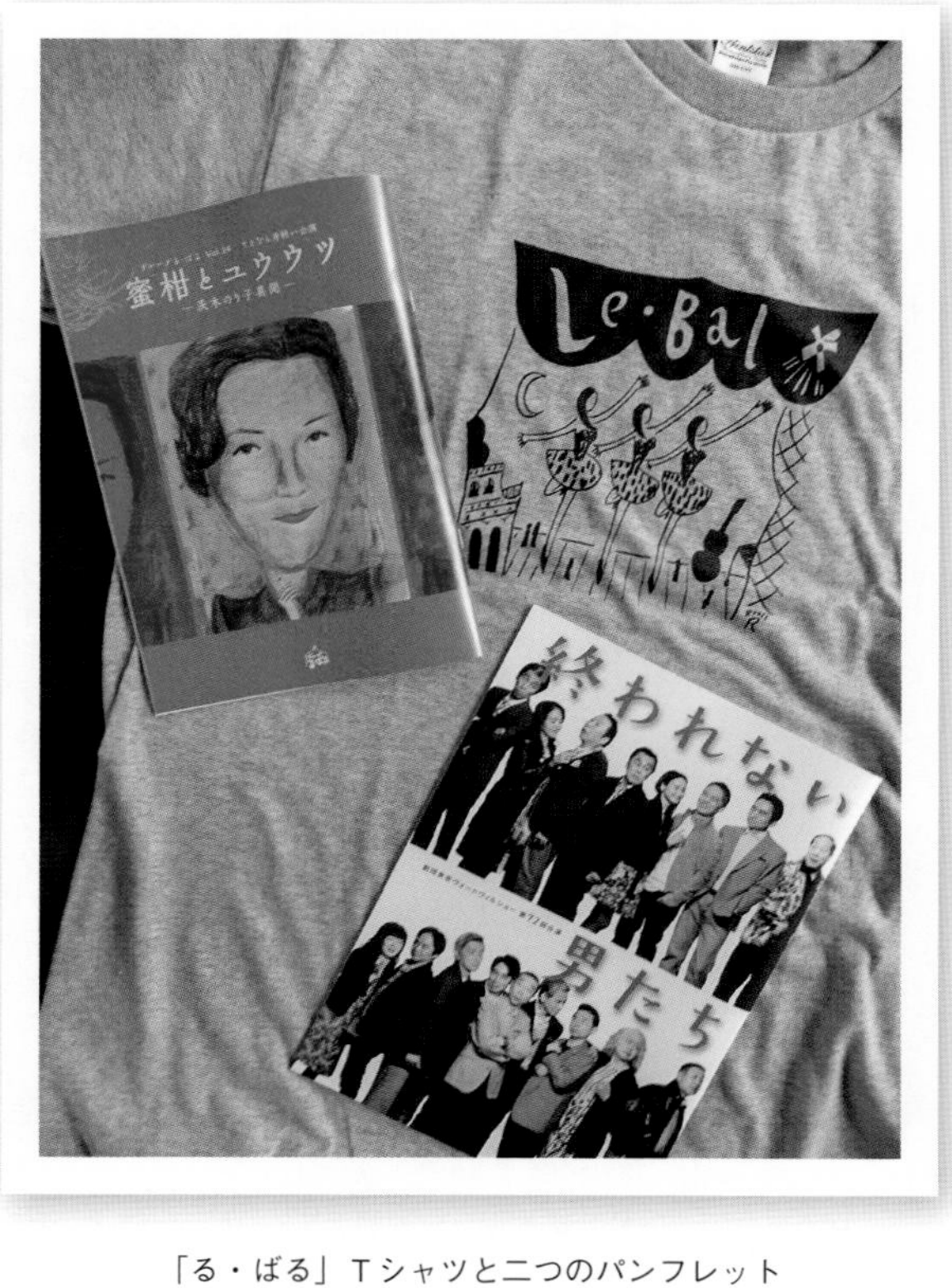

「る・ばる」Tシャツと二つのパンフレット

組・星組、その老親分両方に惚れられる小料理屋若女将、ライバルゲイバー（じつは仲良し）、売れない流しギター、フォークやロックの元若者、義父を探す主婦や徘徊（はいかい）老人などが入り乱れる群像劇。共通するのは口悪くケンカしながらもこの街が気に入っていること。

デジタルに強い外資系にＣＭ受注を取られそうになったＢ作は起死回生に、この街を舞台にしたミュージカル仕立てのアナログＣＭ試作を思い立ち、皆に協力を求めると、誰も彼もいっぱしに、昔やっていたいろんな楽器ができることがわかり……。

これは私の時代の物語だ。スマホで撮影する試作ＣＭの一発撮（ど）りの緊張と興奮に皆若さを取り戻し、いつしかこれは「このままでは終われない」自分たちのＣＭだと気づいてゆく。人気スナックママ・桜一花（さくらいちか）の気っ風と色気、徘徊老人・綾田俊樹の老練な艶、ゲイバーライバルの石井愃一（けんいち）・木村靖司（やすし）のここぞとアクの強い演技合戦。笑って泣いて聞きほれて、全く文句なしの二時間余だった。

七尾の花嫁のれん

能登の七尾(ななお)に興味を持ったのは、大正大学地域構想研究所が発行する雑誌『地域人』の、作家・森まゆみさんの記事からだった。二〇〇二年に当地を訪れた森さんは、地元で醬油を製造販売する同年代の鳥居正子さんと出会い、地域のまちづくりを語り合うようになる。

再訪した森さんは古い家の有形文化財登録を提唱。聞いた茶舗・北島屋主人・元商社マン国際派の町会長・北林昌之さんは「町の活性化は古ぼけた家を早く壊してビルを建てること」と考えていたのを一変して動き、翌年五軒が国の登録有形文化財に登録された。

〈「登録しといてよかった」と後でとても感謝された。登録制度はそれほど金銭的メリットがないのだが、中越地震の際、率先して修復に各家に800万円の補助が出たという。それは「国の登録文化財」であることが理由になったからだ。「あれはまちづくりに火をつけたようなものだったね。あとは勝手に燃え広がっていった」と北林さん〉(『地域人』より)

鳥居正子さんと親しくなった森さんはその後も何度も訪ねて店を手伝ったり、銭湯帰りに一杯やったり、町を楽しんでいると知り、古い街並みや建物が大好きな私は行ってみようと思い立った。

*

抜けるような青空に秋雲が高い。七尾は室町時代から六百年続く街道の、北前船(きたまえぶね)が必ず寄港する良港で大いに繁栄した。御祓川(みそぎがわ)にかかる朱塗り欄干の仙対橋(せんたいばし)に始まる一本杉(いっぽんすぎ)通りはかなり幅広く、往時の往来がしのばれる。

玄関先の花がよく手入れされた落ち着いた人家が続き、ビルやコンビニ、自動販売機などがない通りはまことに清潔に品がよい。酒屋、郵便局、仏壇屋、洋服屋などがぽつりぽつりとある中、登録有形文化財の旧上野啓文堂、北島屋茶店、高澤(たかざわ)ろうそく店などは間口の広い木造二階の大店(おおだな)が通りをひきしめる。

その一つ鳥居醬油店は、黒豆砂利洗い出し床、大梁(おおばり)が高い天井、客間の塗り格子

看板がすばらしい、古民家居酒屋

木戸も立派だが、そこに商品ずらりではなく、「うちでできるのはこれだけです」と、小机の紺前掛けに「醤油」と「だしつゆ」の一升瓶が二本立っているだけがいい。奥の醸造所は電気を全く使わない昔の製法で停電しても仕事はでき、「うちは日本で一番小さい醤油蔵です」と笑うけれど、潔癖さが清々しい。

有形文化財として整備されると通りを訪ねてくる人が増え、各家にある「花嫁のれん」を展示したところ大好評。やがてドラマ「花嫁のれん」になり、列車「花嫁のれん号」が走るようになった。

「まちづくりを勝手に燃え広げた」中心になった、醤油屋、陶器屋、昆布屋、蠟燭屋、仏壇屋の同世代五人のおかみさんは、町の観光商業化をめざしたのでは全くなく、自分たちの町を良くしようと、こつこつ工夫してきただけと言う。「五人娘がんばる、ですね」「娘じゃないわよ」と正子さんは笑って手を振るが、さばさばした気質の中にどこか娘らしさが残ってまことにほほ笑ましい。

花嫁のれんは嫁入りする娘に両親が持たせ、嫁ぐ日に婚家の仏間入口に架け、それをくぐって家入りする。加賀友禅（かがゆうぜん）はこれで支えられたとも言われる。嫁いだ嫁は箪笥の一番上にしまい、苦しい時、辛（つら）い時に見て慰めたそうだ。

最近できた「花嫁のれん館」の館長は、正子さんのご主人で公務員を引退した貞利さんだ。

展示される花嫁のれんは、家紋に松籟、松竹梅、鶴亀、翁嫗など縁起のよい図柄を女性らしい柔らかな華やさで描いてまことに美しい。生涯一度だけに娘の幸福を願う親の気持ちがこもる。今はレンタル花嫁衣裳でくぐる体験ができ、女性は等しく頬を紅潮させ、その写真を持ち帰るという。

夜になり訪れた元酒蔵の居酒屋「ＩＣＯＵ（憩う）」は大きな一枚板の看板がすばらしい。酒蔵看板好きで全国を見て歩いた私はこれをナンバーワンと推そう。

カウンターに正子さんが待っていた。ここは古民家ながら地元の産物を洋風にアレンジして、〈鳥居醬油のもろみポテト〉がおいしい。カウンターは一隅だけで、広い土間や古家具、古い茶簞笥にある器、書店で使っていたらしい「新潮文庫」と入る本棚などは、展示というよりはただ置かれ残っただけのようで、私は興味がつきない。

盃を手に、すっかり七尾が気に入ったと言う私に、はにかみながら答えた。

「ほかを当てにするのではなく、自分たちの中にも何か宝物があるはず、それを探しだしてきれいにするのが楽しいんです」

これは貴い言葉だ。年齢を経て生きてきた人にぜひ気づいてほしい言葉だ。流行や産業成長、経済拡大、そんなものに疑いを感じる人にもぜひ聞かせたい。そして自分にも確認したい言葉だった。

七尾の「能登演劇堂」は毎年、俳優・仲代達矢(なかだいたつや)が主宰する「無名塾」公演があり、仲代氏が長期滞在するというのもうれしい。好きな町がまたひとつ増えた。

信州の風に吹かれて

　ときどき私は、人のいない公園などで、進行方向に背を向けて、後ろに足を踏みだし、後ろ向きに歩く。普段使う筋肉が真逆に作用して気持ちよく、周りに気をつけ、振り返りながらしばらく歩くと背筋も伸び、体がリセットされた気持ちになる。海老反りストレッチや、逆立ち健康法のようなものだ。スポーツジムのベルト歩行機をスローにして、後ろ向きに進むのも良いと聞いた。

　昔、大学で教えていた時、朝早い宿舎からの登校の歩道は全く人通りがなく、これで通った。前向き歩きとちがい、風景がどんどん後退してゆくのは、それまでのものを改めてじっくり見る気持ちにさせる。ただし危険でもあり気をつけて。

　そこでいかにも言いそうな教訓だが、これは七十歳を過ぎた自分と同じではないか。もう未来を展望するよりも、重ねてきた過去を見たいと。「しっかり前を見て歩かんか！」と叱られそうだが、もう結構、もう後ろ向きでいいです。

自分の体や頭を今までと逆の使い方をする、という比喩も言ってみたい。これはこうと決めつけていたものに逆転の発想をすれば、残り少ない日々やボケ頭もいま少し使えるかもしれない。

――ここまで書いて外を見ると車窓は深い山の連なりに雨上がりの霧が晴れつつある。新宿から乗った「特急あずさ」はパソコン電源も使いやすくなった。今、故郷の松本に向かっている。

めぐる六部（ろくぶ）は故郷を目指す＝国中を歩いて修行を重ねる六部僧も、年老いて故郷に足が向くようになった。私も同じだ。東京の生活に何の不足もないが、忙しい日々が続くと無性に松本に行きたくなる。故郷の山や川が見たくなる。

今から五十年以上前の青雲の十五歳。それこそ前を、未来をまっすぐに見て上京し故郷など捨てた気持ちだった。爾来（じらい）半世紀、足は故郷に向く。これも後ろ向きに歩いているのかもしれない。用は何もなくただ故郷の風に当たるだけでいい。今はパソコンがあれば仕事もできる。

列車は小淵沢（こぶちざわ）を過ぎ、青い山並みの雲が夕方に染まる。夏を越した森の緑も落ち着いてきたようだ。刈り入れた田んぼに野焼きの煙が立ち上る。そろそろパソコンも片づけよう。

＊

「こんちは」「お、太田さん、いらっしゃい」

「先日は松茸ありがとうございました」「いやいや、今年はよく採れたでね」

故郷に帰ってなじみの居酒屋に顔を出すのは最高の時間だ。ここ「きく蔵」の白髭主人はいつも秋の実りを送ってくれる。

「大雪渓・槍」お燗のお通し〈春菊ナムルと蟹梅肉和え〉にはさまれた黒いのは、茹でこぼす汁は真っ黒になるというきのこ〈烏茸〉で、しんなりした噛み心地にかすかな風味は、目立たぬ脇役が一役与えられたようだ。「ひと口」と出された小鉢は〈いなご甘露煮〉。

「ゴメン、これオレだめなんだよ」

「えー！」さも意外というように主人夫婦が声をあげる。

「昔獲りに行ったでしょ」「行ったさ」

「食べたでしょ」「食べたさ、何が悲しくて昆虫なんか食べるんだと」

「あははは、そう」

食料難の戦後、小学校実習で夏休みはイナゴ獲りをさせられた。野草オオバコもそうだった。今は珍味で梓川の方に獲りに行くという。「私は好きだね」という主人夫婦は「太田さんと同じ、みんな昭和二十年組」、お互い元気で何よりだ。ではと代わりの、富山の〈白海老素揚げ〉は丸々と大きく、これこれ、こっちの方がいいと箸を向ける。

店は満員になり、県外客らしきに人気は大籠の松茸だ。さて私は何にしようかな。鮮紅の〈鹿さしみ〉は信州名物〈馬刺し〉よりもあっさりして燗酒によく合う。隣客が「僕ももらおうかな、あ、でも馬刺し頼んじゃった」「いや、全然風味ちがうでね」「じゃ合い盛り」「はい、馬鹿盛りだね」と笑う。

増え過ぎた野生鹿は田畑を荒らし、どんどん獲る方がよいそうだ。松本は「東は鹿、西は猿」。民家二階に入りこんだ野生猿がボール遊びしていたという話が愉快だ。

いいなあ故郷。酒がうまくてたまらない。刺身を引く主人の手を見てさっと大葉を渡す奥さんは阿吽の呼吸。「太田さん、これすこし」と出されたのは、中国では石茸と珍重される〈岩茸〉で、崖の岩壁に張りついて採れるまで十年はかかる、分類・地衣類の逸品。奥多摩あたりでは一つまみで高価な値段なのが、みごとに大き

松茸と鹿さしみ、これぞ信州の秋

い。

「生坂（いくさか）（村）に名人がいるだよ」。そのかすかな風味は神仙の高貴と言おう。イナゴもキノコも鹿もイワタケも山国ならでは。

——松本の夜を満喫中。

松本らしい時間

忙しい東京を逃れて来た松本の居酒屋「きく蔵」で、故郷の秋に浸っている。

普段は寄る年波で飲みに出ることも少なくなり、仕事場で夕飯をとり、もう一仕事して九時をまわると歩いて帰宅。風呂を浴び、寝巻きに着替えて一杯やり、終えるとベッドへ直行する。

ところが松本。きく蔵におよそ二時間もいて、それからさらに二軒もはしごした。その元気に自分で驚くが、近くにホテルがある安心感でまだ帰りたくない。東京は最後は電車に乗って家に帰らねばならず、それが気持ちを億劫（おっくう）にさせるけれど、小さな町はすべて徒歩で片づく。京都も金沢も神戸も盛岡もみんなそうだ。というか、旅先は家に帰らなくてもよいのだ。

その気持ちが夜の三差路のベンチに座らせた。ここはつねに水が溢(あふ)れる井戸がある。松本は市内至るところで水が湧く。

さほど明るくない通りに人影はなく、時おり車がスーッとゆく。こんな時間に自転車で井戸水を汲(く)みに来る人がいる。夜学を終えたらしい学生が自転車で連れ立って帰ってゆく。向かいの立ち飲みスタンド「8オンス」は今日は休み。隣の古書カフェ「想雲堂(そううんどう)」も灯を消した。夜の町に水音を聞きながらぼんやりしているのは贅沢だ（地方都市飲み歩きの魅力ならいくらでも書けます）。

三十分も居て腰を上げ、すぐそこの路地の居酒屋「満まる」へ。いつも口開けに来るので、主人は遅い来店が珍しいという顔。「どこか寄ってきたんですか？」「うん、きく蔵」。ああ、とにっこりする彼はきく蔵で修業した。

この時間にほぼ満員。信州上田の酒「亀齢(きれい)」ひやおろしのお燗はおだやかな美味。忙しい主人を見ながら、緑のつやつやした〈揚げ銀杏(ぎんなん)〉を楊枝(ようじ)で刺して口に入れた。秋だなあ、添えた紅葉(もみじ)一枚がいい。

「この銀杏は採ってきたの？」「いいえ、愛知産です」

愛知の銀杏は一番だ。

「この葉っぱは？」「それは拾ってきました」

クラシックがながれる民芸喫茶「まるも」

主人が苦笑する。松本の秋はこういうことができる。

そこにちんたら一時間。さっきのベンチでまた休憩。さらに歩いてなじみの「メインバー・コート」でカクテルを二杯。ホテルに戻ってバタンキューしたのは十一時頃だったか。

＊

目を覚ますと朝七時。ゆっくり風呂を浴びた。あまり酒が残っていないのは気持ちよく飲んだからか、間の休憩がきいたのか。

そのまま寝巻きでパソコンに向かって執筆。普段の仕事場では何やかや目についてしまうが、ホテルは他にすることがないので仕事がはかどる。一段落つけ、さてそろそろと服を着て外へ。

信州の秋の朝のさわやかさ。思わず両腕を上げるが寒い。もう一枚着てくればよかったかな。

朝八時からやっている女鳥羽川沿いの喫茶「まるも」の、松本民芸家具で統一された店内は静かにクラシックが流れ、朝のひとときを過ごす常連らしきが三々五々。新聞を何日分も重ねて読んでいる人もいる。

東京で毎朝来る喫茶店はないが、松本や京都、神戸にはある。京都は「イノダコーヒ三条店」、神戸は「サントス」、席もだいたい同じだ。松本では信濃毎日新聞、京都では京都新聞、神戸では神戸新聞を読む。

私の後ろ席の男女の会話はフランス語だ。松本のボランティアガイドらしい若い女性と欧米人カップルは、すっかり意気投合した様子で話がはずんでいる。ホテルにはコインランドリー室で洗濯する欧米人がいた。

松本にたいへん増えた欧米人客は長期滞在型で、普段の身なりでゆっくり歩いて建物や骨董品を眺め、カフェで昼食をとる。夜のバーでもバーテンダーと会話している。彼らはなかなか締まり屋らしく、買い物などより、日本の生活や建物をじっくり観察している様子が好ましい。東京、京都よりもさらに奥深い日本を求めて来ているのだろう。名城のある松本がそれに応えられる町であるのがうれしい。ここから飛騨高山は欧米人に人気のコースだ。

昼食をすませ、ホテルでまた仕事に集中。あーよく働いたと背伸びしていそいそと居酒屋へ。居酒屋は「きく蔵」「満まる」「あや菜(な)」「車(くるま)」。パブは「バーデンバーデン」「オールドロック」、バーは「メインバー・コート」「サイドカー」「オールドパル」。松本になじみの酒場はいくらでもありどこも質が高い。今夜は居酒屋「よしかわ」だ。

「こんちは」「あ、いらっしゃい」

いつも来ているので驚かれない。さあ今夜もゆっくりやるぞと品書きを開くのでした。

晩秋のキャンプ

松本二日めの夜、居酒屋「よしかわ」のカウンターに座った。「酒、ひやおろしは何がある？」。夏を越して味の乗ってきた酒を壜(びん)詰め出荷した「ひやおろし」のお燗は秋の楽しみだ。信州地酒「美寿々(みすず)」を頼み、とりだしたのは盃。

ここに来る前、松本では必ず寄る「小口わさび店」で日本一のわさび漬を買った後、すぐ隣の、古道具を無造作に外に山積みの店を見つけ、かき分けるように入ってみた。

中は思いのほか奥深く、触れなば落ちんばかりに火鉢や皿、人形、着物、道具などが重なる。盃はないかとしゃがむと、ちょいといける同じものが十数個もあり値段がない。狭い勘定場の手伝いらしい女性に「これいくら」と差しだしたが首をひねっている。ここは先手を取るに限る。「二〇〇円かな」。そのうち奥で訊いてきて「四〇〇円」と言った。その盃だ。

「すみませんが、これ洗ってくれる？」「はい、あらいいわね」

ここ「よしかわ」の酒器や皿は良いものがあり、よく行くという飛騨高山の古道具屋は私も知る店で笑い合ったことがあった。「これは四〇〇円」とニヤリ。もう一つ買った小さな絵皿は、花札の絵柄にある「杜若（かきつばた）の橋掛かり」で、主人が「八つ橋ですね」と褒めてくれ「これも四〇〇円、まだ二十枚くらいあったよ」と焚きつける。以上、掘り出しもの自慢。

ツイー……。

その盃で飲むひやおろし・秋あがりのうまいことよ。

この季節の楽しみもう一つは〈きのこ鍋〉。ここのは大げさでないキノコ本位の小鍋立てが酒飲みにはうれしい。湯気を上げる土鍋は「利口坊（りこぼう）、しめじ、網茸、平茸、あと何だったたっけな」。

キノコ名人が採ってくる「雑キノコ」いろいろこそキノコ好きにはうれしく、牛蒡（ごぼう）と鶏少しの出汁（だし）に細青葱が色を添え、うまいのなんの。キノコの命は香りとぬめり。キノコ万歳。

「よしかわ」は大家さんの都合でここを出なくてはならなくなり、ようやく見つかった次の場所は私の代々の実家のすぐ近くで、なんだかうれしい。「それまでにもう一回来るよ、表の看板ぜひ持ってって」「持てるものは何でも運びます」と笑い声を後に外へ出た。さてもう一軒。

すぐ向かいが母と娘でやる「あや菜」。結婚した娘にすぐに子が生まれ、家に置くわけにはゆかず「店で育てる」と大きなベビーサークルを置いたところ思わぬ好評で、客はあやして喜ぶそうだ。「いくつになった?」「二歳二カ月」。にっこりと孫を見守る顔がいい。今入ってきた若い二人は介護士さんで、たちまち膝の間に座らせるのはさすがだ。

私の定番〈茗荷(みょうが)みそ和え〉〈塩いかきゅうりもみ〉がおいしい。酒はここ中町(なかまち)の井戸水で造る限定「中町」ひやおろし。今年のはやや辛口になったそうだ。

ツイー……こればかりだ。

夜は暗い中町通りの、仲秋の月に照らされて浮かぶ蔵の白壁の美しさ。とてもこのままでは帰れず入った近くのバー「サイドカー」でカクテルを二杯。今宵も三軒はしごと相成った。

＊

翌日、松本となり安曇野の妹夫婦の家に。

今夜は妹の娘、つまり姪夫婦と、妹には孫になる幼子二人が来る。その一家は夏、東京の私のマンションに泊まりに来て、小さい子が狭い家中をどたばた走り回るのがうれしかった。下は女の子で名は「うめの」。「うーめちゃん、おじちゃんだよ〜」とご機嫌をとっても「ヤダ」と言われて悲しいが、知らん顔していると寄ってきて、お得意の開脚床ベターを見せてくれる。久しぶりの家族の夕飯に酒うまし。

次の日はキャンプ。姪の若い夫は大のアウトドア派で私と意気投合。男の子は小さいうちからキャンプさせるに限ると、去年、彼と男の子「はると」四歳と私の三人で挙行した。今年も宅配便で送っておいた私のキャンプ道具を車に積み、去年と同じ安曇野西、先は野麦峠から飛騨高山に通じる奈川渡のキャンプ場へ。

頃は晩秋。シーズン最後のテントがいくつか静かに張られ、白樺の落葉が盛大に風に舞う。

「はる、薪ひろってきな」「はい!」と駆けだすのは去年仕込んでおいた成果。山のように集まった枯れ枝の焚火でウインナを小枝に刺して焙るのも教えてある。飯の支度に余念ない父は、また大の日本酒党で、野営なのに一升瓶、徳利、盃、温度計持参の燗酒派。チビ息子に焚火の番をさせ、親父二人は途中で買ったひやおろし

四歳の子は焚火の枯れ枝集め

地酒「瀧澤（たきざわ）」をちびりちびり。全く焚火の燗酒ほどいいものはないナ。

やって来た秋の松本で東京のストレスは解消。これで年内がんばれるなと帰京したのでした。

人生の四季

よい年齢になって過去を振り返り、二十年ごとに自分のあり方が変わってきたと気づいた。

人の一生を四季の色に例えて「青春、朱夏、白秋、玄冬」と言う。玄は黒。青春・十〜二十代は成長期、朱夏・三十〜四十代は働き盛り、白秋・五十〜六十代は成熟期、玄冬・七十〜八十代は晩年だ。

一九四六年生まれの私は田舎で育ち十七歳で上京、ようしやるぞと意気に燃えた、まさに青春立志編。一九六八年、銀座の会社に就職して猛烈に働いた朱夏奮闘編。一九八八年、組織を離れ自分一人でやってみようと独立した白秋自立編、後半の大学勤めも終えたのが二〇〇八年。そして今は玄冬隠居編半ば。あと十年で八十三歳、人生おさらばだろう。

それぞれの二十年が、その後の二十年を良くも悪くも作った。二十年やって芽が出なかったら力がなかったのだとあきらめられる。すべて結果論だ。

最初の節目は二十三歳で資生堂に入社した時だ。デザイナーとして身を立てようと勉強して憧れの会社に運良く入れたのだから後は努力あるのみ。努力を迷いなく続けられたのは幸せで、世の中に定期的に作品を発表できるうえ、給料までもらえると思った。

次の節目は四十三歳で独立した時。会社に何の不満もなかったが、もう一つ飛躍するには年齢的に最後だろうと思い切った。自分は組織に向かない、一人でやりたいという本能が後押ししていた。麻布の事務所に机をかまえ、さあ人生第二幕、なんでもやるぞと両手を上げた夜を忘れない。

しかしバブルがはじけて広告デザインは不況となったが、事務所を一カ月も放ったらかして沖縄で椎名誠さんの映画を手伝ったり、雑誌連載で日本中を放浪したり、テレビ番組を何年も続けたり、毎週三日、地方の大学に泊まりがけで通って教えたり、会社勤めではできないことを何でもやれる自由を満喫したのだった。おかげで事務所は赤字借金続きだったが気にしなかった。

手製焼そば、コンソメスープつき

その日々は肝心のデザイン業よりもべつの面を開いてくれた。自分には初めてでも、誰かがやってみないかと言ってきたのは可能性を見てくれたわけだ。であれば最大限やってみる。好評ならばまた頼んでもらえる。その連続だ。

雑誌の編集デザインをしていた新潮社の担当者から、居酒屋を書いてみないかと言われ、取材した四十枚ほどの原稿を渡すと「こんなに書いたんですか」と驚かれたが『小説新潮』に載せていただいた。それを一年ごとに三回書いた翌年「こんどは連載です」となった。それまでの三回は締め切りを守って水準の原稿を書けるか試されていたのだろう。毎月となればプロの仕事と身を引き締め、若い編集者に鍛えられていった。

この四十代から六十代の白秋期は成り行きまかせで新しいことにどんどん取り組み、会社にいてはできない人生が開けたのだから望み通りだった。

そうして今は書くのがおもな仕事の人生玄冬期となった。

＊

今は毎日仕事場で自炊。昼飯は焼そばにしよう。料理上手の大学教え子に教わった方法だ。

今日は豚肉とニラ。まずニラ一束（一束です）をみじんに切っておく（そうすると香りが立つことを平松洋子さんの文で知った）。フライパンの油に刻みニンニクと鷹の爪を入れて熱し、そのニラと豚肉を炒め、いったん別皿にとる。空いたフライパンに電子レンジでチンした蒸し焼そばを入れ、素早くほぐす。「焼そば」だから麺は焼くことが大切。やや焦げたほどよいところで先ほど炒めた具を入れて混ぜ、「いしる＝イカの醤油」で薄く味をつけて火を止める。皿に移し紅生姜と青海苔を大量にかけて出来上がり。

これはうまいですぞ。ソース焼そばの味を濃く感じるようになって「いしる」にしたのが成功だ。

さあ食べよう、わしわしわしわし。

食べ終えるとすぐに下げ、ちゃちゃっと洗って机も拭いてお終い。また仕事。夕飯は、セロリ・トマト・ベーコンのミネストローネスープ、これも簡単。

九時頃、ああ疲れたと仕事をやめ、好きなレコードを一、二枚聴く。今夜はジュリー・ロンドンにしよう。とぼとぼ歩いて家に帰り、一杯やってオヤスミ。

人生玄冬期はこんなものだ。もはや野心も、新しい勉強を始める意欲も、楽器をやるとか世界旅行とか、昔の夢実現の気力も失せた。

一日を無事に終え、ひっそりと毎夜一杯飲めればそれ以上の望みはなし。文章仕事は締め切りがほどよい緊張感になるが、それもなくなれば暇だ。老後に観る映画ＤＶＤは山のようにある。その時は大きなテレビを買おう。

生涯の飲酒計画

取材で来られた女性編集者はてきぱきと用件を済ませ、雑談になった。

「いま五十代、このまま終わるのかと思うと不安で、好きな酒も近ごろはあまりおいしくない」

なるほどと小著『居酒屋大全』（現『完本・居酒屋大全』小学館文庫）の「生涯の飲酒計画」なる項の「50代」をお読みいただくと、うーむという顔をされた。以下その引用。

10代＝知り初めの酒

酒は20歳からとはいうものの、初体験は高校・大学時代。大人たちをあれだけ夢中にさせる飲みものの正体を知る。自分が「酔う」ことへの期待と恐れ。口にふくんだときのなんとも表現できない味、香り。あなたはどう感じましたか？

20代＝熱血の酒

子供から青年へ。夢、野心、自負の一方、不安、孤独、劣等感が交錯する人生の発芽期。経験不足からなにごとも極端へ走りがち。恋愛など一夜にして幸福の絶頂から絶望の極みにたたきおとされることも。当然、酒も限度が判らず無茶苦茶な飲み方になる。しかし、それでよいのだ。失敗を恐れず信ずるところへ進め！　願わくばこの時期に生涯の友を得られんことを。

30代＝仕事の酒

揺籃（ようらん）期が終わり、しぜんに自己の進むべき方向が定まってくる。自分のうちこむところを吐露し、技術論を戦わしながら飲む酒の楽しさ。酒は何でもよい。肉体的にも最盛期。相当飲んでも翌朝はケロリだ。ガンガン飲んでガンガン仕事せよ。店や酒を「うんちく」するのはまだ早い。安酒で十分だ。

40代＝親交の酒

自分が世の中で成しとげられる範囲もおぼろげに見えてくる。また仕事仕事でつき進んできた毎日を、なにか一段落させたくなる頃。仕事を離れ、本当に心を許せる友をみつけ、ゆっくりと酒でも飲んでみたい。もう量はそれほどいらないし、騒ぎたくもない。仕事は大切な時期だが、それだけでは淋しいではないか。

50代＝孤独の酒

サラリーマンならば定年。また子供たちもそろそろ結婚。子供なんて家を出てしまえばそれまでだ。フト気がつけば自分を取り巻いていた人々、環境がすべて去り、古女房と2人だけがとり残されている。否応なく自分の人生のむなしさに直面させられ、精神的にも非常に不安定になる。頼りは酒だがその味は苦く、酔いが早くなる。

60代＝悟達の酒

どんな形であれ危機を乗り越え、社会的栄達にも、もう客観的になれ自分のための人生を見出す。素直に孫が可愛い。古女房との2人にも慣れた。余分な干渉はせず好きずきにやるのだ。外で酒を飲むこともなくなった。晩酌の1本、或いは家人が寝静まった夜、冷蔵庫から何か出し、ひとりでコップ酒を楽しむ。このごろまた酒がうまくなってきた。人が生きるには何が大切か判ってきたような……。

70代＝滋味の酒

昔は反抗ばかりしていた子供たちもいい親父、オフクロになった。ここぞという時は相談にきてくれる。自分が精神的支柱と頼られているようで気もひきしまるが、張り合いもある。息子と心をひらいて一杯やるのが何よりも楽しみだ。そんな2人をバアさんもニコニコみている。ほとんど量は飲まないが、まだ元気で酒のつき合いができるのが嬉しい。酒とはよいものだ、としみじみ思う。

80代＝酒仙の酒

友人、知人の訃報をきくようになった。いずれは自分の番だろう。自然、自分の一生をかえりみることもあるが、もう悔やむ気持ちはない。嬉しくて躍りあがった時、悔しさに机を叩いて泣いた時、淋しさに耐えられなかった時、酒と離れることのない一生だった。酒とは何か、どんな味か、もう一度じっくり味わい、しっかり舌に残しておこう。オレの墓には大吟醸をかけてくれ。

＊

「余計なお世話ですが……」と頭書したこのコラムは、一九九〇年、私の最初の本『居酒屋大全』に書いたもので、そのとき四十四歳。それ以上は適当で、上の年代になった時どう読むかとチラと考えたが、七十二歳となった今、案外当たっている気もする。であれば八十代はこうなるか。

酒はその時の心を反映するものだ。お帰りの女性編集者に「大丈夫、また必ずうまくなりますよ」と激励したのだった。

立って書く仕事台、具合よいです

関係ないが、最近立って仕事するようになった。椅子座りパソコンの猫背姿勢がなくなって背筋が伸び、資料探しもすぐ行き、筆が止まるとあたりをうろうろするのも気分転換になる。立って飲むコーヒーもうまい。これも七十過ぎての知恵か。今日も終えたら帰って晩酌だ。今夜の酒はどんな心を映しているだろうか。

天草の教会を訪ねる

明治四十（一九〇七）年夏、三十四歳の与謝野鉄幹（てっかん）は、新詩社の同人で東京帝大や早稲田大学の一年生、二十二、三歳の北原白秋、木下杢太郎（もくたろう）、平野万里（ばんり）、吉井勇とともに西日本の旅に出発。「東京二六（にろく）新聞」に五人交代で旅日記「五足の靴」を連載した。

森まゆみ氏の近著『「五足の靴」をゆく　明治の修学旅行』（平凡社）は〈たかが学生の夏休み旅行じゃないか、というなかれ。彼らはすでに『明星』の歌人だったし、明治四十年の大学生は数少ない稀少種（きしょうしゅ）だった〉と、〈六足めの靴〉となって忠実にたどり、たいへんおもしろく読んだ。一行五人は折々に詩歌を詠みながら旅を続け、最終的に目指したのは天草（あまくさ）の教会・大江（おおえ）天主堂だった。

私は世界遺産となった「長崎と天草地方の潜伏キリシタン関連遺産」の五島列島・新上五島「頭ヶ島天主堂」を少し前に訪ねて大きな感銘を受け、潜伏キリシタン教会への関心が高まり、大江天主堂も行ってみることにした。

天草は二度目だが、前回は東の上島、西の下島をつなぐ細い真ん中・天草市の、島原の乱の戦場となった川や、天草四郎の記念館を見て居酒屋に入っただけだった。今回はさらに西。島を横断して最西端に着くまで熊本から自動車で三時間かかった。

外洋・東シナ海に面した崎津港は、奥深い入江に波は静まり鏡の如く、対岸の瓦屋根家並みに抜き建つ「崎津教会」を映してたいへん美しい。ここは日本漁村唯一の「重要文化的景観」で、遥かなる日本最西端にこんな平和郷があったのかと思える。

柳川、唐津、平戸などを経た一行は、長崎・茂木港から雨の中を船で天草に渡る。〈十一時出帆、天草諸港へ行く船である。相変わらず後甲板を占領す。ボーイが来て下へ入れという、この暴風では甲板は波が被ると脅す、沖から見るとどす黒い中に白波が見える〉（五足の靴）

さらに上陸した冨岡から八里の山の難道を炎天下に歩く。

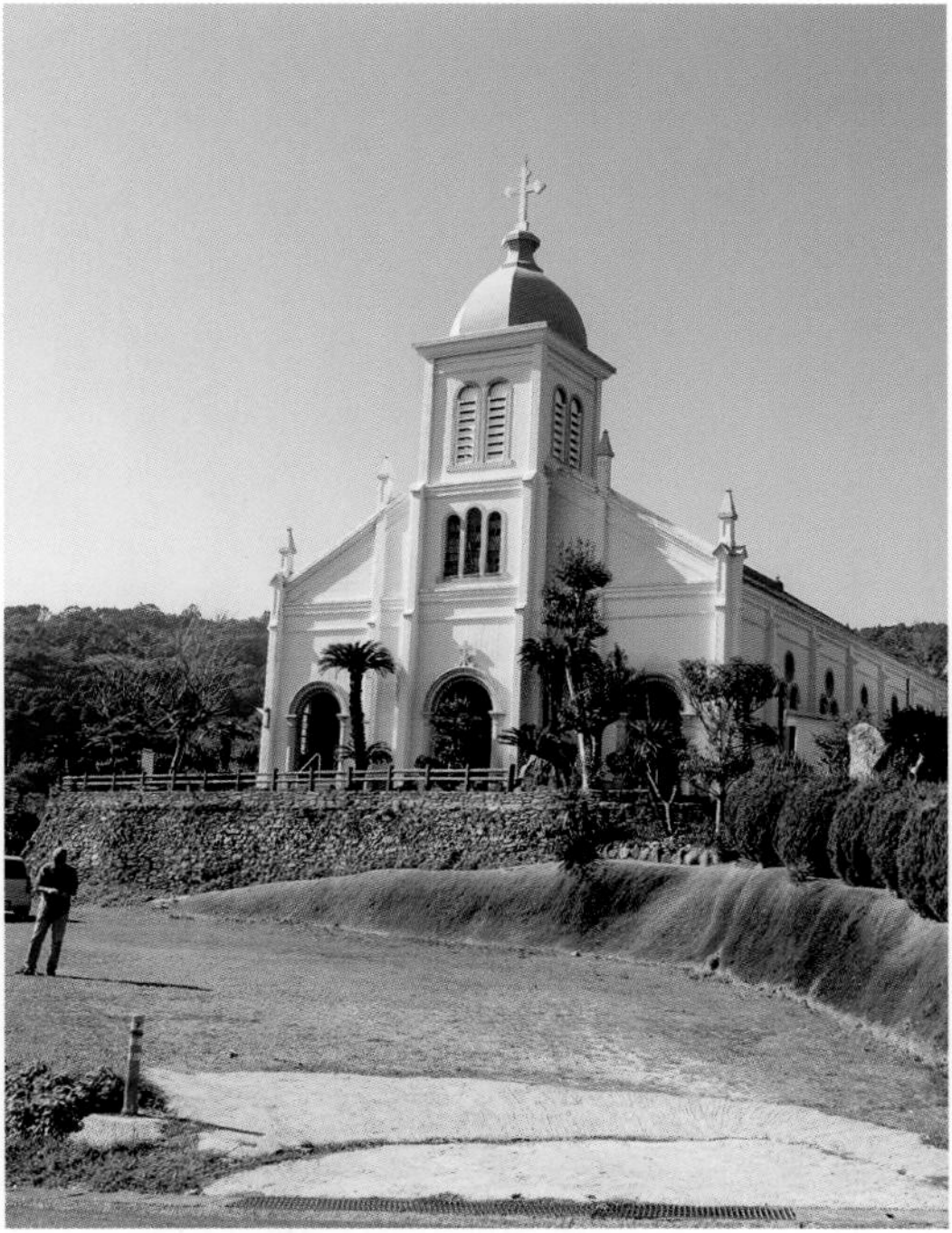

高台に光り輝く大江天主堂

〈なんといってもこの旅のハイライトは冨岡から大江までの八里の難行苦行であったろう〉（森まゆみ）

目的は大江天主堂を見て、そこを私費で建てたガルニエ神父に会うことだった。その一節を思いだしながら進む自動車は全く人家もない急な山坂を登りくねり、百年以上も前の徒歩峠越えはさぞ大変だっただろう。またそうであるからこそ本土から離れた島の隠れたような最西端にこそ、二百八十年におよぶ潜伏キリシタンが続けられたのだとも。

一五六六年、天草に最初にキリスト教を伝えたのは宣教師ルイス・デ・アルメイダで、ヨーロッパから帰国した天正遣欧少年使節の四人もここで学んだ。一八九二年、来島したガルニエ神父は﨑津教会、また大江教会司祭を四十九年間務め、一九〇七年にそこを訪ねたのが「五足の靴」一行だった。

＊

険しい山越えに、森氏の書く〈はるばるも来つるものかな〉と同じ思いの末、眼前の丘に白亜の教会が忽然（こつぜん）と現れた。ロマネスク風左右対称、中央高い尖塔円屋根に十字架が凛（りん）と、午後の西日を正面に受けて光り輝く神々しさ。この堂は一九三三年のものだが、写真に残る旧聖堂も、ようようにたどり着いた一行に同じ感動を与えたにちがいない。

靴を脱いで上がった堂内は、白亜潔癖の外観と異なり、やわらかな暖色清色の花の装飾やステンドグラスの温かみに包まれて、ここが安息の場であることを示す。神父は来日後一度も故国フランスに帰ることなく一九四二年、八十一歳の生涯を閉じた。

異国での布教に一生を捧げる人。素地の全くない日本で教えに感化されて入信する人々。潜伏キリシタンはまさに命を賭しての信仰で、私は信者ではないが、その「わが心を守る」強さにうたれずにはいられない。

「五足」の五人がこの体験をこぞって詠んだ詩歌を詳細に分析して個性を読みとる森氏の文は、この本の読みどころだ。その章末尾〈そのわずかの体験からあれほどのさまざまな文学作品が生まれるとは、いかに得た感銘が大きかったかを物語る〉。

教会前に「建立者　大江村青年団」とある碑が建つ。

〈明治四十年八月新詩社の与謝野鉄幹、北原白秋、吉井勇、木下杢太郎、平野万里の青年詩人たちがこの教会堂にガルニエ神父を訪れた。この五人の文学者の天草訪問は、のちに白秋の邪宗門となり一行の文学活動もこの旅を転機に躍進し華麗にして哀切な作品となって結晶し文学史上光彩をはなっている〉

辺境の地の教会は若き文学者をとらえ、作品に昇華させた。老境の私は自分の心を守ること、人を信じる心を教わった。

解　説

角野卓造

本書『町を歩いて、縄のれん』は、我が師匠・太田和彦さんが心の赴くままにつづったエッセイ集であり、小さな写真集でもあります。

テーマは居酒屋、旨(うま)いもの、旅、町、出会った人々、ジャズ、映画、建築、そして散歩途中で目にしたささやかな風景や、思い出話など多岐にわたり、僕はあらためて太田さんの見識の深さと豊かさ、そのまなざしの細やかさと温かさに感じ入っています。

さて、なぜ僕が太田さんを師と仰ぐようになったのか、まずはそのあたりからご説明しましょう。

太田さんの名前を知ったのは、今から二十年以上前、僕が四十代の頃です。

雑誌好きの僕は、書評ページも必ず目を通しているのですが、そこで紹介されていたのが、かの名著『ニッポン居酒屋放浪記』（新潮社）。タイトルに惹(ひ)かれ、さっそく購入して読み始めました。

　貴重な居酒屋ガイドブックであることはもちろんですが、この本の面白さは、単なるガイドブックを超えて町の印象やそこに生きる人々の表情がとても生き生きと描かれていること。どんどん引き込まれていきました。

　その頃のぼくの酒の飲み方は、稽古が終わればそのまま役者たち全員と大衆居酒屋へ移り、お前の芝居のあそこはこうだ、あの脚本家のこういうところが気に入らないと稽古場の続きをやりながら大勢でわいわい騒ぐのが常でした。公演当日も同様で、舞台のあとは居酒屋に居合わせたお客様と役者たちとが一緒に酒を酌み交わすという具合です。

　そんな生活を二十年ほども続けたでしょうか。やがて僕は自分で企画を出してチームを作り、旅公演をするようになります。劇団を維持するには、とにかく地方での公演が必須だからです。東京でそれなりのキャパシティの劇場を満員にして一カ月以上のロングランというならともかく、通常の公演だけでは十分に賄っていくことができません。そこで、旅公演ができる大きな芝居を作り、日本中を回るのです。

　一度旅に出ると、長い時は二カ月は東京に戻りません。飛行機で北海道を回ったあと青函（せいかん）連絡船で東北へ、その逆のコースもあります。東京より西となると静岡県だけで一カ月以上、九州ならば旅は五十日ほどにもなります。日本全国の県庁所在地とそれに次ぐ主要な都市はたいてい回り、今や二十回以上も訪ねている町すらあるほどです。

旅の間は絶えず劇団のみんなとの集団行動ですから、一人になれるのは旅館やビジネスホテルの部屋にいる時くらいでした。

旅が仕事という暮らしを続けて四十代も終わりに差しかかると、そろそろ飲むのも食べるのも一人でゆっくりしたいものだ……と思い始めるようになり、選ぶのも和食系の居酒屋が多くなっていきました。

そんな時に出合ったのが『ニッポン居酒屋放浪記』。まさにベストマッチなガイドブックと最高の導き手に出会ったわけです。これさえあれば日本全国、行く先々どこでも旨い酒と美味(おい)しい料理を出す大人の店に辿(たど)り着けるというありがたさ。しかも、のちに文庫になったので、ますます持ち運びしやすく旅の荷物に欠かせないバイブルとなりました。愛読者というより、僕は太田さんの本の「ヘビーユーザー」といったほうが当たっているかもしれません。

と、こんな訳で僕は太田さんのお書きになったものを次々と読み、味わい、密(ひそ)かに「師匠」と呼ばせていただくようになったのです。

その後、念願かなって初めてお目にかかることができたのは、下北沢(しもきたざわ)の「両花(りょうはな)」という店でした。ここは加藤健一君や佐藤B作(びーさく)君など、知人の芝居を観(み)た帰りにいつも寄る居酒屋です。

ある夜、奥のカウンターで一人飲んでいると、

「太田という者でございます」

驚きました。僕が会いたがっているということを人づてに聞いた太田さんの方から、挨拶してくださったのでした(後日あらためてこの話をした時、「存じ上げております」と挨拶を返した僕の顔には「来たな!」という不敵な表情が浮かんでいたと、太田さんはおっしゃるのですが……)。

それ以来のお付き合いとなり、僕の芝居にも、まめに足を運んでくださるようになりました。太田さんは学生時代からの芝居好き。ある時などは公演先の仙台にまで観にいらして、「いや、場所を変えて飲もうというだけ」などと笑っておっしゃる。そこがまた、一流の大人の格好良さですね。

そんな太田師匠の本を旅の荷物に必ず詰めて、芝居をしながらさんざん日本中をうろうろ動き回っていたお陰で、好きな町があちこちにできました。旅公演をしなくなった今でも、仙台、会津若松、静岡、浜松、岡山、倉敷、京都、小倉などはプ

ライベートで訪ねます。どうも僕は、バリバリに元気一杯で熱気あふれる温度の高い町が苦手で、少し肩の力が抜けた町、ひなびた趣の町がしっくりくるようです。そんな町の空気に触れたい、風に当たりたいと思って出かけて行くのですが、それも旅の醍醐味ではないかと思います。

僕はもっぱら活字で情報を得て気になる町を訪ね、気に入った店に通い続けて馴染みになっていくのですが、このところは京都にばかり行くようになりました。『予約一名、角野卓造でございます。【京都編】』（京阪神エルマガジン社）という本まで出してしまうほど、京都の町はお気に入りです。

滞在中は、朝六時にホテルを出て南禅寺までウォーキングした帰りに『早起亭』でうどんを食べるか、二条まで歩いて御池を回ってUターンして烏丸から下りて『前田珈琲』で朝食をとります。先日、太田さんにこの話をしたところ、

「ということは、前の晩は一軒目で五時から一時間半。二軒目で一時間半飲んで十時には宿に帰るといったところですか」

と、すっかり僕の行動は読まれていて、大笑いしました。

実は京都で飲んでいると偶然、太田さんにお会いすることが少なくありません。だから僕はつい、京都で見つけた良い店について語りたくなってしまいます。

「木屋町（きやまち）の『レコード酒場ビートルｍｏｍｏ』は行かれましたか？」

「知らないなぁ」

「なんだ、知らないんですか!?」

「いや、行った。行ったことある！　じゃ、『よこやまろうそく』は？」

「行ってません」

「え、知らないの？　その上の『ノイリーズ』のジントニックは――」

「ジントニックなら東山の『うえと』はご存じですか？」

「知らない」

「何!?　知らないんですか!?」

　という具合に、どんどん加速してしまいます。こういう時はお互いに内心、「お、鍔迫（つばぜ）り合いが始まったぞ」と思いながらの応酬です。酒の味、料理の味についても見解の一致を見ることもあれば「僕はそこまで旨いと思わないなあ」などとやり合うこともあって、それも楽しいものです。

　さて、気に入った店で楽しく気持ち良く酒を味わうためには、心がけというものも必要です。

　僕の場合、一人も客がいなくて店内の空気がまだ冷たく凛（りん）としている、口開けの時間帯がたまらなく好きなものだから、一軒目は開店五分前に着くように出かけて行きます。もちろん、あらかじめ電話で「お席、空いてますか？」と尋ねておくことも忘れません（これは、せっかく行っても入れなかったら、フラれるみたいで切ないからという僕の用心深さのせいかもしれませんが）。

ただし、五分前に着いても、けっして暖簾が掛かるまでは店の前に立ちません。「待っているんだぞ」と感じさせるのが嫌だからです。ちょっと離れたところで控えめに待つ。暖簾が掛かったら、そこでやっと店の扉に手を掛けるのです。これが僕の流儀。

これには、おそらく太田さんも「うんうん」と、頷いてくださるはずです。こちらが良い客であろうと心がけると、店も良くしてくれるものなのです。客でございという態度ではなく、半歩か一歩下がって行儀良くしていれば、きちんとした客として大事にしてもらえると思います。

ただし、京都で「良い客」になるのは難しいもの。理屈ではなく、通い続けて空気に慣れていかないと身につかない何かがあって、特別です。

だからといって妙に遠慮して怯える必要はありません。なかには酒が入った途端にその怯えが虚勢に代わって居丈高になったりする客もいるもので、そのあたりの気持ちの持ち方が難しい。びくびくしたり、おもねったりする必要はないけれど、良い客になろうという姿勢は持っていたい。だから、東京風を吹かせたり常連振った態度や物言いをしたりというのは禁物です。

お互いに人としてきちんと接していこうという気持ちを腹に入れておくことが肝要。良い意味でぴんと張り詰めた関係は気持ちの良いものです。それも京都の味わいの一つではないでしょうか。

でも、ちょっと白状するならば、京都では毎晩そんな風に気を遣って緊張するものだから、一週間も滞在すると僕は一日、中休みが欲しくなったりします。その日だけは大丸(だいまる)の地下でお惣菜(そうざい)を買ってホテルで部屋飲み。

まぁ、そんな僕がここであれこれ並べるまでもなく、本書では京都についても語られていますので、ぜひ太田さんの描き出す京都の店と魅力的な店主やお客様たちのいる風景をじっくりと味わってみてください。

ところで、京都に加えてもう一つ僕には好きな町があります。それは太田さんの故郷・松本です。本書にも大切な町として幾度も描かれていますが、僕にとっても特別な思い入れのある町です。

鉄道ファンの僕は電車や列車に乗ること自体が好きですし、ずっと中央線沿線に住んでいるので「新宿から中央線で行く町」として、松本には愛着を感じてきました。若い時など劇団の稽古場に行く途中、新宿駅でスーパーあずさを見ると「これに乗れば松本に行けるんだ。ずらかってしまおうか……」という思いがムラムラと込み上げてきたものです。

松本に行けば、もちろん『きく蔵』で信州銘酒を味わわずにはいられません。バスで浅間温泉まで行き、お気に入りの『あるぷす』という蕎麦屋に寄るのですが、実は新しい店についてはよく知りません。太田さん曰く、「『セイジ・オザワ 松本フェスティバル』が開催されるようになった頃から松本には良い店が増えてきた。クラシックの演奏家はよく酒を飲むし、世界中、日本中から訪れる聴衆の舌や胃袋を満足させようと、良い店が育っていった」とのこと。

そんな松本に魅力を感じてあちこちから様々な腕の良い料理人が店を出し、またそこに引きつけられて訪れる人々が増え、「松本は懐が深くなった」と太田さんから聞くにつけ、ぜひ、ご一緒に松本で飲んでみたいという夢を抱くようになりました。

松本がテーマならそれだけで充実した一冊になりそうだし、旅番組なら、僕が店の暖簾をくぐるとカウンターで飲んでいた太田さんが振り向いて、

「おや、偶然だなぁ！」

なんていうオープニングが浮かびます。

松本ふらり旅、ぜひとも実現させたいなあ。師匠、よろしくお願いしますね。

（かどの・たくぞう　俳優）

JASRAC 出 2003334-102

本書は、二〇一八年二月から十二月まで「サンデー毎日」に連載された
「浮草双紙」から選出した作品で編んだオリジナル文庫です。

太田和彦の本

集英社文庫

おいしい旅　錦市場の木の葉丼とは何か

全国各地の「これはうまい」が満載！　丼から麺や中華に酒肴まで。旅情とグルメが詰まったオリジナルカラー文庫。

おいしい旅　夏の終わりの佐渡の居酒屋

今日は、ぬる燗に刺身といいこう。金沢や京都、佐渡にウィーン。各地の美酒美食を、情緒あふれる文章とカラー写真で紹介。

おいしい旅　昼の牡蠣そば、夜の渡り蟹

ふらりと出た旅で見つけた味は、その土地だけの美味。岡山・鎌倉・ニューヨークなど、気ままな味探し旅シリーズ完結編。

集英社文庫

町を歩いて、縄のれん

2020年4月25日　第1刷
2021年6月23日　第2刷

定価はカバーに表示してあります。

著　者　太田和彦
発行者　徳永　真
発行所　株式会社　集英社
東京都千代田区一ツ橋2-5-10　〒101-8050
電話【編集部】03-3230-6095
【読者係】03-3230-6080
【販売部】03-3230-6393（書店専用）
印　刷　大日本印刷株式会社
製　本　ナショナル製本協同組合

フォーマットデザイン　アリヤマデザインストア　　マークデザイン　居山浩二

本書の一部あるいは全部を無断で複写複製することは、法律で認められた場合を除き、著作権の侵害となります。また、業者など、読者本人以外による本書のデジタル化は、いかなる場合でも一切認められませんのでご注意下さい。

造本には十分注意しておりますが、乱丁・落丁（本のページ順序の間違いや抜け落ち）の場合はお取り替え致します。ご購入先を明記のうえ集英社読者係宛にお送り下さい。送料は小社で負担致します。但し、古書店で購入されたものについてはお取り替え出来ません。

© Kazuhiko Ota 2020　Printed in Japan
ISBN978-4-08-744107-9 C0195